# 僕のねむりを醒ます人

—Sanctuary—

沙野風結子

Splush文庫

# contents

# 1

——この十一年間、僕の身体に、心に、なまなましく触れる人はいなかった。誰かの温かな手は肌に感じる「重み」でしかなく、誰かの温かな気遣いの言葉は「音の羅列《られつ》」でしかなかった。

「すげぇ、後味悪いなぁ…」

吐き出すような呻《うめ》きに、精巧《せいこう》な機械のようにキーボードを叩いていた指を止めて、瀬口雪弥《せぐちゆきや》は長い睫《まつげ》を上げた。切れ長の黒目勝ちな——というよりは、まるで目のなかを黒く塗り潰したような瞳で、向かいのデスクを見る。

大きな身体を椅子《いす》に深く預け、ネクタイをだらしなく緩めたスーツ姿の三十路《みそじ》の男。彼の眉間には皺《しわ》が刻みこまれている。

「報告書は僕が上げておきますから、保高《ほだか》さんは帰って休んでください」

そう告げて、またキーボードのうえで指を動かしはじめると、保高がデスクに両肘をついて覗《のぞ》きこんできた。

「なぁ、瀬口さぁ。お前、無理しなくていいんだぞ」

「無理なんてしてません」

「……あんまり感情を溜めこんでっと、爆発するか壊れるかして、もたなくなるぞ」

「大丈夫です。自分なりに発散させてますから」

保高と組んで仕事をするようになってから一年。

こんな遣《や》り取りを何度繰り返したか知れない。

保高は組まされた新米刑事が潰れないようにと気遣っているのだろうが、それは雪弥にとっては本当に不要なことだった。

「でも、今日のなんか発散させて飛ばせるようなモンじゃねぇだろ……あんな――なぁ」

さっぱりした長さの髪をぐしゃぐしゃにしながら保高が頭を掻《か》き毟《むし》る。

……数時間前の出来事だ。

雪弥は保高とともに、指名手配中の強盗犯を追っていた。

容疑者は二十七歳無職の男で、一ヶ月前に薬局に押し入り、出刃包丁で薬剤師を刺して現金百五十万円を奪って逃走中だった。警察は行方《ゆくえ》を追っていたが、昨日、管内のパチンコ店にこ数日、容疑者らしき男が出入りしているという通報が店員によってもたらされた。

それで張り込みをしていたところ、午後になってふらりと容疑者が現れた。パチンコ店の入り口で声をかけると、男は脱兎《だっと》のごとく逃げだした。

雪弥たちもまた、歩道の通行人のあいだを縫《ぬ》って全力疾走で容疑者を追った。

こういう狩りに慣れている刑事と、不摂生な容疑者との体力差は歴然としていた。あっという間に、間合いが詰まる。雪弥の伸ばした手が、容疑者の羽織《はお》ったダウンジャケットの裾を摑《つか》んだ。引っ張る。

容疑者が、肩越しに血走った眼で雪弥を睨《にら》みつけた。

恐慌状態に顔面を引き攣《つ》らせた容疑者は、次の瞬間、ジャケットを脱ぎ捨てると、ガードレールへとスニーカーの靴裏を載せた。飛びかかる保高の手をすり抜けて、男はガードレールを踏み越え、車道へと跳ぶ。

車の激しいクラクション。

タイヤが地面を擦《こす》る、甲高いブレーキ音。

ドン…という重い衝突音。

容疑者の身体は、あらぬ方向に手足を曲げて、まるで壊れたマネキンのように冬の空を飛んだ。

雪弥のすぐ横で、保高が言葉にならない呻き声を漏《も》らす。

雪弥は一拍も置かずに冷たいガードレールに手をついた。黒いコートを翻《ひるがえ》して飛び越え、車道へと降りる。道路に転がっている容疑者のもとに走り寄り、スラックスの膝が血に濡れるのも気にせずにアスファルトに跪《ひざまず》く。

男の口から鳴るヒューヒューという小さな呼吸音を確かめ、携帯電話で救急車を呼んだ。

容疑者は、いまも生死の境を彷徨《さまよ》っている。

キーボードを打つ手を止めて、雪弥はまだ頭を掻き毟っている保高に声をかけた。

「あれは事故ですよ。僕たちは自分の仕事をしただけです」

保高がのろりと顔を上げた。奥二重の目で雪弥を見詰める。

そして、苦笑を滲《にじ》ませた。

「普通それは、先輩刑事の俺がヒヨッコのお前に言うセリフじゃないのか？」

「そうかもしれません」

保高は太い溜め息をひとつつくと上体を起こした。まるで容疑者の取り調べをするときのように、男っぽい爽《さわ》やかな顔を引き締め、胸の前で腕を組んで訊《き》いてきた。

「お前は、いまも……あの現場でのときも、なんでそんなに平然としてるんだ？　自分が追い詰めたせいで容疑者とはいえ、人ひとり死ぬかもしれないんだぞ。それについて思うところはないのか？」

人がましい反応をしないことを詰《なじ》られるのは、この十一年間ですっかり慣れてしまった。普段は冷血漢だ人非人《にんぴにん》だと言われない程度に取り繕《つくろ》っているが、いざというとき本性は隠せないものだ。

「課長からは、冷静さが長所だと言われました」

黒いガラス玉の眼で保高を見返す。

先に視線を揺らしたのは保高のほうだった。

苦笑するように目を眇《すが》めて、決まり悪げに言う。

「お前のこと、ずっとなにかに似てる似てると思ってたんだが、いま思い出した。実家の日本人形だ」

日本人形のようだという形容は、雪弥には耳に馴染《なじ》んだものだった。

「怖《こわ》いぐらい綺麗《きれい》な人形で、黒い着物に金の帯締めて、肩口に色糸巻いた鼓《つづみ》を持ってるんだ。芸妓なんだろうが、愛想《あいそ》のない毅然《きぜん》とした細面で、そのくせこう立ち姿がそそる感じでな……。一度、ガラスケースから出そうとして、おふくろに怒られたっけ」

「出して、どうするつもりだったんですか？」

雪弥が尋ねると、保高がおどけたように口角を軽く下げた。

「ちょっと、着物の裾からなかを覗きたかったんだろうな。小学生のころの話だ」

「保高さんらしいですね」

唇を軽く綻《ほころ》ばせて、雪弥は答えた――保高が犯人の命についてどう思うか、というところから話題を逸《そ》らしてくれたことに肩の力を緩めながら。

そうしてふたたび、自分たちが生死の狭間《はざま》へと追い詰めた男についての概要をパソコンに打ちこんでいく。

高校中退後、アルバイトを転々として生きてきた、社会に不適応感をいだいていたという二十七歳の男。二十七歳とは、雪弥と同い年だ。

年齢という共通項を見つけたからといって、心が痛むこともない。

……正確に言えば、なにに対しても鮮明に感情が動かないのだ。それこそ、ガラスケースのなかから世界を見ているかのように。

誰も、自分にじかに触れることはない。

なにごとも、自分の心を動かすことはない。

喜びも怒りも哀《かな》しみも愉《たの》しみも、自分のなかになまなましく湧き上がることはなかった。


「通してください。警察です」

夜の繁華街、脇道を覗きこんで幾重《いくえ》にも輪を作っている野次馬を掻き分け、雪弥は路地へと抜けた。派出所の制服警官たちはすでに到着していて、現場の保全と被害者を宥《なだ》めるのに懸命になっている。救急車はまだ来ていなかった。

「保高刑事！」

若い警官が保高の顔を見て、ほっとした表情をする。

「被害者はパニック状態になってます……腕は折れているかもしれません」

「わかった。瀬口は通報してきた奴の話を聞いてくれ」

雪弥は白い手袋を嵌《は》めながら頷いた。

保高が制服警官と交代して、被害者の若者——大学生ぐらいのようだ——の前に片膝をつく。

若者は首を必死に横に振って、尻をついたまま後ずさろうとする。

「落ち着け。もう大丈夫だからな」

温かくて力強い声だ。

「お、俺がなにしたっつーんだよっ？　歩いて……歩いてた、だけなのに、あいつ、なんなんだよぉっっ!?」

「ああ。歩いてただけなのに、怖い目にあったな」

保高が若者のジーンズの膝を力づけるように手で摑む。

宥められて少しずつ落ち着きはじめた若者が、回らない呂律《ろれつ》で喋《しゃべ》りだす。

「袋──後ろから紙袋被せ、られてっ！　け、蹴《け》られて、硬い靴ですげぇ蹴られて、腕を、俺の腕をっ………」

雪弥のほうは、被害者を見つけて警察に連絡してくれた会社勤めの女性からひととおり話を聞いたが、彼女は犯人の姿は見ていなかった。

──一月に入って、二件。十二月からの累計では五件か。

後ろから紙袋を被せて被害者の視界を奪ってから力任せに蹴りつける。ぐったりしたところで、うつ伏せにし、左の二の腕を踏んで固定して、外側に捩《ね》じり折る。

まったく同じ手口の通り魔事件が五件も起きているのだ。犯行は、決まって水曜日の夜。

犯人の姿を見た者はいない。

手帳をしまいながら、雪弥はふと動きを止めた。

視線。

自分の横顔に当てられている視線を感じる。

――なんだろう。この感じは……。

厚く埃《ほこり》を被った古い記憶を刺激される。

雪弥は黒髪をパッと散らして顔を上げた。野次馬のほうへと視線を飛ばす。

そして、睫の動きひとつも止まる。

野次馬たちのなかに、一際背の高い男の姿があった。品のいい濃紺のコートを羽織ったスーツ姿、二十代後半の精悍《せいかん》で華やかな顔立ちをした男だ。眼と髪の色は茶褐色。

まっすぐに、ふたりの視線はぶつかっていた。

……最後に会ってから十一年もの歳月が流れているというのに、雪弥は彼が「彼」であることを瞬時に理解する。

ずっと氷のようにシン…と静まり返っていた心の奥底に、一筋、また一筋、ミシッミシッと音をたてながら亀裂が入っていく。それは痛みにも似た衝撃だった。

雪弥の足は知らぬ間に、「彼」に向けてふらりと歩きだす。

と、救急車のサイレンの音が一気に近づいてきて、空気を震わせた。

野次馬の人波がさあっと分かれ、担架を持った救急隊員たちが路地に走りこんでくる。

その数秒のあいだに、「彼」は姿をくらましていた。

――……耀《よう》……あれは間違いなく、耀だった！

雪弥は震えている心臓を摑む仕草、自身のスーツの胸元をぐしゃぐしゃに握り締めた……。

十二月から週に一度の割合で起こっている五件の通り魔事件に関連性があるのは間違いなさそうだった。

マスコミ各社が同一犯の可能性が高いことを報道し、情報提供を呼びかけたため、刑事課には真偽のほどが定かでない情報が引っきりなしに寄せられていた。

「また、セクハラ電話っ！」

雪弥の横の席で婦警が受話器を腹立たしげに戻して、頬《ほお》を膨《ふく》らませる。そして、斜め向かいの席の保高をキッと睨みつけた。

「私が出署拒否になる前に、とっとと犯人捕まえてください！」

「はいはい。真奈美《まなみ》ちゃんのために頑張《がんば》るよ」

保高と少女みたいな顔をした婦警がじゃれ合うように言葉を交わすのを聞きながら、雪弥はぼんやりと現場の野次馬のなかにいた男のことを考えていた。

葛城《かつらぎ》耀。

彼は雪弥と同い年で、幼馴染《おさななじみ》だった男だ。

小学二年生のとき、耀の隣の家に引っ越しをした。当時の雪弥は棒っきれみたいな身体をした、警戒心の強い子供だったけれども、耀の強引さと悪戯《いたずら》っぽい笑顔のお陰で気がつくと毎日のように彼と遊ぶようになっていた。学校へも一緒に通った。

雪弥のところは母子家庭で、水商売の母親は夜中に家を空けるうえに子供の世話をしなかったので、雪弥はよく耀の家で晩御飯を食べさせてもらっていた。

耀の母親はとてもいい匂いのする優しい人で、父親は温かい笑顔が印象的な格好いい人で、ふたりともいつも雪弥のことを歓迎してくれた。

耀のことも、耀の両親のことも、大好きだった。

中学も高校も耀と同じ学校に進んだ。耀はとっかえひっかえ、どころか何股もかけて女の子と付き合うようになってバラバラに過ごす時間が増えたけれども、登校だけはずっと一緒にしていた。

しかし、高校一年の秋。その日、雪弥はいつものように七時四十五分に家を出た。

電線の向こうで、空は青い色ガラスを被せたみたいに澄んでいた。小鳥がチチチチ…チチチ…と軽やかに囀《さえず》る。耀の姿はまだ道路にない。五分待ってから、耀の家のインターホンを鳴らした。時間をあけて何度も押したけれども、反応がない。

門のなかに入ってじかにドアをノックしてみる。やはり家はシンとしたままだ。なにか、とても嫌な気持ちが湧き上がってきて、雪弥は玄関ドアを開けた。おはようございます、耀？　おばさん？　おじさん？　……おはようございます！　暗い家のなかへと呼びかける。返事はない。

雪弥は靴を脱いで家に上がりこんだ。耀の名前を呼びながら、自分の家のようによく知っている――自分の家よりも安心できる空間を歩いていく。どの部屋も明かりが点《つ》いていなくて、カーテンはぴたりと閉めきられていた。

どこにも、誰も、いなかった。

家財道具はそのまま、住人だけが消えていた。

近所の大人たちは、夜逃げだと噂《うわさ》した。友人の連帯保証人になって多額の借金を背負ったのだと言う者もいた。実際、住人の消えた隣家には借金取りたちが大挙して押しかけたから、借金があったのは事実なのだろう。

しかし夜逃げだろうがなんだろうが、耀は絶対に連絡をくれるはずだと、雪弥は信じていた。日に何度も郵便ポストを覗いた。電話機の前に何時間も座った。

けれども、一ヶ月経っても耀は連絡をくれなかった。

人付き合いが苦手な雪弥は、心を許していた人たちを失って……誰より大切な幼馴染を失って、どん底まで落ちこんだ。落ちこみながらも、それでも頑《かたく》なに待ちつづけていた。

耀を、信じたかった。

それから、さらに一ヶ月が経った真夜中。

雪弥の部屋の、ベランダに続く窓ガラスがガタガタと鳴らされた。カーテンに映る人影。雪弥はベッドから飛び降りて、慌ててカーテンを開けた。

ガラスの向こうに、耀が立っていた。

気がおかしくなるほど嬉しくて、雪弥はもどかしく鍵を外して、窓を勢いよく開けた。

錆《さび》の匂いのする冬の夜風とともに、耀が自分にぶつかってくる……そして…………………。

「瀬口、なにボーッとしてんだ」

保高の声に、雪弥はハッと我に返る。

同時に、部屋に鳴り響く電話の音が津波のように寄せてきた。

「さぁ、俺たちは聞き込みに出動だ。行くぞ」

雪弥は頷いて、纏《まと》わりついてくる記憶をもぎ離すように席から立ち上がった。


大学に入学したのと同時に離れた街は、夜目にもずいぶんと様変わりしていた。

鬱蒼《うっそう》と木の生い茂る敷地に古ぼけた無人の洋館――近所の子供たちからは「お化け屋敷」と呼ばれていた――が建っていた場所には、新築の家が三軒建っている。

その隣の洗練されたフォルムをした大型マンションの土地には確か、小さなアパートが何棟か建っていたはずだ。

こういうとき普通の人間なら感傷的な気持ちになるのだろうが、雪弥にとってそれらの変化はただの物質の入れ替わりに過ぎなかった。

オレンジがかった街灯に照らされる、かつて数えきれないほど行き来した夜道を進んでいく。

……仕事上がり、雪弥は警察の寮には戻らず、電車を乗り継いでこの街へと来た。

ずっと避け、記憶の底に封じてきた街に来ようと思ったのは、一瞬とはいえ耀と再会したためだった。

事件現場の野次馬のなかに彼の姿を見つけてからというもの、耀のことが頭から離れない。

そして、耀のことを思うとき、無機物みたいになっていた自分の心が軋《きし》む音をたてる。

もしかすると、隣り合わせで建っている自分と耀の家を見たら、ふたたび心の回路が正常に動くようになるのではないか？

まともに感情が動くようになったら、保高のように、容疑者が自分のせいで死ぬかもしれないということをきちんと苦しめるようになるに違いない。

幸せや喜びを感じられないことより、人並みの苦しみや悲しみを感じることができないことを自覚するとき、自分の欠陥を大きく感じる。

こういう異常な状態で刑事などという仕事をしていていいのだろうか、という想いは日増しに大きくなっている。

雪弥は去年、二十六歳で刑事になった。正直、雪弥自身は警察学校に入った時点で自分の適性に疑問をいだいていたのだが、その自己評価とは裏腹に、傍《はた》からは常に冷静沈着で有望だと見做《みな》された。そして実際、よけいな感情が動かない分だけ、現場では誰よりも迅速で確実に行動することができた。

刑事になったのは、そんな雪弥を買ってくれた上司の勧めが大きかった。

それに、高い目標を自分に課すことによって、仕事への――もっと正しく言えば生きることへのモチベーションを保つことができていた。

別に積極的に死を考えたりはしないが、こう無感覚無感動だと生きていることに意味を見出すことは難しい。

次の角を曲がってすぐのところに、自分たちの家がある。

特に感慨もなく、雪弥は角を曲がった。

濃淡の煉瓦《れんが》が壁に埋めこまれている大きな耀の家と、クリーム色の壁をしたこぢんまりした自分の家が——そこに。

敷地の前の道路で、雪弥は立ち止まった。

ゆっくりと瞬《まばた》きを繰り返して、眺める。

二軒の家があった「はず」の場所を。

雪弥は発光している自販機へと歩くと、コーヒーを買った。その熱い缶を手に、無人の有料パーキングへと入っていく。精算機の載っているコンクリートの低い段へと腰を下ろす。

一月の凍てつく黒い大気のなか、缶コーヒーを飲む。

自分の過去が幻であるかのように思われた。

二軒の家は壊され、片づけられ、こののっぺりとした三十分二百円の駐車場になったのだ。近くに大きめの商店街があるから昼間は繁盛しているのだろうが、いまは一台の車も駐められていない。

剝《む》き出しの手の感覚は麻痺《まひ》しかかっていて、吹く風が尋常でなく冷たいことにいまさらながらに気づかされる。

雪が降らなければいいなと、ぼんやり思う。

雪は子供のころから嫌いだった。

すでに終電は過ぎているから、この缶が空になったら、駅前に戻ってタクシーで寮に帰ろう。

最後の一滴を飲むために喉を仰《の》け反らせた雪弥はしかし、視界の端に人影をみとめた。通りすがりの人間ではないらしい。こちらへと向かってくる。とても背の高い男だ。濃紺のコートを纏っている。

彼が誰かを認識するより前に、胸のあたりに衝撃のようなものを覚えた。

手のなかの缶が、強まった握力に固い音をたてて潰れた。

男は雪弥のすぐ目の前まで来ると、立ったまま精算機に掌《てのひら》をついた。座っている雪弥を見下ろしてくる。

清潔な長さに整えられた茶褐色の髪が風に揺れる。

高い鼻梁《びりょう》、鮮やかに生え揃《そろ》った眉、二重の瞼《まぶた》にはわずかな甘みがある。

唇はきっぱりしていて、いかにも大人の男らしい。

締まった顎《あご》の輪郭は、精力的な印象を見る者に与える。

そして、強く煌《きら》めいている瞳。それはまっすぐ雪弥の瞳を見ている。

「雪弥、久しぶりだね」

まるで、記憶の底から呼びかけられたかのようだった。

落ち着いた厚みのある声の向こうに、十六歳の掠《かす》れぎみな耀の声を聞く。

上品なコーディネートのスーツのうえにロングコートを纏った姿には、一流のビジネスマンらしい風格がある。けれど、雪弥の目にはブレザータイプの制服を着た十六歳の耀が透けて見えていた。せっかく格好いいのに大雑把な性格だから、あの頃はいつもネクタイが歪んでいたものだ。

「……耀、どうして、ここに？」

尋ねる声は掠れた。

「昨日、雪弥を見かけたら無性になつかしくなってね。それで久しぶりにここに来てみたら……雪弥が先乗りしてて驚いたよ」

耳の奥がジンとするような低音の声がやわらかく言う。

昔の耀の意地悪で甘い喋り方とはだいぶ違うのが気になったが、十一年も経ったら喋り方が変わることぐらい当然かもしれない。

「会えて、嬉しいよ。ずっと会いたかった」

「……」

「ゆっくり話がしたいな。これから一杯どうだい？」

革の手袋をした手が雪弥へと差し伸べられる。雪弥は眼を伏せると、その手には摑まらずに立ち上がった。そして、呟く。

「僕はもう帰る」

「そんなこと言わないでくれ。せっかく会えたんだ」

肘のあたりを大きな手に摑まれて、雪弥はビクッと身体を竦《すく》めた。きつく眉をひそめる。

「触《さわ》るな！」

耀の手を力いっぱい払い除ける。

そしてぐっと顎を上げ、男を険しい眼差《まなざ》しで睨《ね》めつけた。

「僕は、君に会いたくてここに来たわけじゃない――君なんかに、二度と会いたくなかった」

そうだ。会いたくなどなかった。こんな男に。

胸の詰まるような感覚に襲われていた。

すっかり忘れていたリアルな感情の波に、ざあっと鳥肌が立つ。

「雪弥！」

耀の腕が勢いよく伸びてくる。

「触、るなっ」

「雪弥、悪かった。俺が悪かったから」

抗《あらが》う雪弥の腕ごと、耀が力ずくで抱き竦める。昔の耀からはしなかった、大人の男に似合うアンバー系の刺激的な香りに包まれる。

背中も膝も震えていた。

「悪かった、で済むか！　あんな……」

あの最後に会った真夜中。

窓から吹きこむ冷たい風。荒《すさ》んだ顔をした幼馴染。弾き飛ばされるボタン。パジャマの布地を裂かれる音。悲鳴を唇で押し塞《ふさ》がれた。熱く煮え滾《たぎ》る同性の身体に覆い被さられて。嫌だと訴えた。どうしてこんなことをするのかと、必死に尋ねた。

知らない快楽と痛みに身も心もズタズタにされて、雪弥は泣いた。泣いたのに、耀はやめてくれなかった。雪弥の体内に何度も欲望を吐いて、来たときと同じように窓から立ち去った。

誰よりも大事に思っていた幼馴染に、打ちのめされ、裏切られた。けれど、身体を蹂躙《じゅうりん》された以上に雪弥を致命的に傷つけたのは、耀がそれから二度と自分のところに戻ってこなかったことだった。

謝罪をしに、弁明をしに、戻ってきてくれるはずだという思いは、静かに裏切られつづけ、少しずつ削られていった。それとともに感情もまた殺されていったのだろう。気がつけば、雪弥は無感覚の世界へと深く陥っていた。

「雪弥。すまない。本当に、後悔してるんだ。ずっと後悔しつづけてきたんだ」

耀が頬を雪弥の冷えきった髪に擦りつける。

雪弥の背骨が軋むほど締めつけてきていた腕の力がわずかに緩む。

膝が笑ってしまっていた。よろけると、両の二の腕を摑まれて、パーキングの精算機に背を凭《もた》せかけさせられた。

「雪弥のことが……好きだったんだ」

押し殺した声の囁き。間近にある瞳は濡れている。

深い悔恨を滲ませて歪む、華やかで精悍な顔。

——……許せるわけがない……。

「好きなんだ、いまも」

——……。

ふたりの白い吐息がぶつかる。

雪弥は拳を固く握り締め、耀の胸を力いっぱい打った。もう一度、打つ。細身とはいえ職業柄、基本体術は修めているから、打たれる痛みは並みではないはずだ。

耀の眉がきつく寄せられる。けれども、雪弥の二の腕を摑む力は弱まらない。

そして、懲《こ》りずに低い掠れ声で告げてくる。

「好きだよ、雪弥」

「そんな言葉は、信じない」

「俺がずっと雪弥を想ってたのが、信じられないのか？」

「当然だろう。離せ！」

本気で耀を押し退けようとすると、逆に背後の精算機へと強く身体を押しつけられた。

「なに……」

「信じてくれ、雪弥——頼むから」

哀願にも似た、震えを帯びた声。

耀の濡れた睫が不安定に揺らぐ。

凍えた風が一際強く吹いて、雪弥の火照った頬を乱暴に叩いた。

耀の左手が握力を緩め、二の腕から肩へとそろりと這い上がる。滑りの悪い革の手袋が雪弥のすっとした首へとかかる。冷えた首を優しくくるまれる。

温かな吐息が、唇にかかる。

……耀の顔が完全に自分の顔へと伏せられたとき、雪弥は強い電流を流しこまれたかのように身体を跳ねさせた。そっと重なっているだけの男の唇の、ゾッとするほどのなまなましさ。

唇が離れる。

間近の淡い虹彩が、雪弥のなかば自失した表情を眺める。

そして今度は顔を逆に傾けて、ふたたび唇を重ねてきた。

ぞくぞくと肌が粟立って、目を開けていられなくなる。男のよくなめされた革の手袋の下では、首の脈が狂ったように打っている。

ただ表面を繰り返し啄《つい》ばまれるだけのキスなのに、雪弥の膝はガタガタになってしまっていた。

背後の精算機の角を必死に摑んで、しゃがみこんでしまいそうになるのを防ぐ。すっかり火照った掌に、冷えきった鉄の冷たさを鮮明に感じる。

耀の右手が雪弥のコートの腰へと回された。

「ん……っ」

ぐっと耀の胸に抱き寄せられる。手が機械から剝がれて、摑まるものを失う。それと同時に、

唇の繋《つな》がりが深まった。雪弥の唇をねっとりと押し開いて、舌が侵入してくる。舌先が触れ合う、ぬるりとした感触。

一気に酸欠のような状態に陥って、眩暈《めまい》がした。

ゆるやかに舌を舌で搦《から》め捕られていく。深くていやらしいけれども、慮《おもんぱか》る優しさに満ちたキスだった。

身体中の力が抜けてしまって、耀の腕だけに体重を支えられている。

キスに溺《おぼ》れながら、雪弥はいつしか男の肩に縋《すが》りついていた。

舌を咥《くわ》えこまされて淫《みだ》らに開いた唇から、一筋の唾液がゆっくりと顎を伝い、喉へと垂れていった………。

2

連続通り魔事件の聞き込みをして歩いたが、犯人に繋がりそうなこれといった情報は得られなかった。犯人が現場に残していった紙袋はホームセンターで大量に売られているもので、購入者の割り出しは難航していた。

「おばちゃん、豚の生姜《しょうが》焼き定食でキャベツとメシを大盛りな。瀬口、お前は？」

「僕は、山菜そばで」

遅い昼食に寄ったこぢんまりした定食屋の安っぽいテーブルを挟んで、雪弥と保高は座っている。

「なんだ、また麺類か。たまには肉食えよ」

「魚はよく食べてます」

「魚じゃなくて、肉。動物の肉。って、もしかして肉、嫌いなのか？　こないだ刑事部長が連れてってくれた店でも、牛刺しに全然手ぇつけてなかったな。口でとろける霜降り極上品だったってのに」

雪弥は肉は基本的にあまり口にしないが、特に生肉系統は好きでなかった。

「確かに、ああいうのは苦手です」

初めて生肉を口にしたとき、舌を思い出した。人間の舌だ。自分の口腔《こうこう》でのたくる舌。その連想のせいで、肉を食べているのではなくて肉に自分が貪られているような錯覚に陥る。

「そんなだと、いざというとき頑張れないぞ」

「仕事はきちんとやってるつもりですが」

「ばぁか。仕事のときじゃねぇよ」

保高がニッと唇を緩めて、上半身を前に倒してきた。

「アレのとき。肉をたんまり食うと覿面《てきめん》に連続で頑張れるだろ」

雪弥が乗らないのを承知で、保高はよく性的な話を振ってくる。

適当にかわしてはいるものの、セックス関連の話題は対応に困ることが多かった。

雪弥とて二十七歳まで、まったく女性と付き合ってこなかったわけではない。ふたりとは、一応半年ずつ付き合った。どちらとも雪弥から積極的に動いたものではなく、あくまで相手に押しきられるかたちで交際することになったのだ。

ふたりとも女性としての魅力はあったと思う。料理もうまくて、よく気が利いた。

ただ、雪弥は恋愛感情の昂《たか》ぶりや性的興奮というものを、彼女たちに覚えることがなかった。彼女たちに問題があったのではない。誰に対しても刺激されないのだ。

だからデートはムードに欠けるものになりがちだったし、キスやそれ以上のことはまったく気が進まなかった。

性的なものは、昂ぶりがあるからこそ快楽を覚え、成立するのだ。

雪弥にとってディープキスはそれこそ生肉を舐《な》めることを強要される行為でしかなく、セックスはそれを成し得るだけの生理的反応が起こらなかった。

……だから、雪弥にとってのセックスは、あの高校一年の夜に耀に無理やりされた体験だけだった。無理やりだったのに、あの時、確かに雪弥は射精した。耀の口や手で何度も追い上げられた。

――耀……。

「唇、どうしたんだ？」

ぼんやりと昨晩の駐車場でのキスを思い出してしまっていると、保高に怪訝《けげん》そうに訊かれた。

自分が指で唇を弄《もてあそ》んでいることに気づいて、雪弥は慌てて手をテーブルへと下ろす。

「どうも、しません」

「……。なんか、口、腫《は》れてないか？　いつもよりぷっくりしてる」

「気のせいでしょう」

唇が腫れるほど長くて深いキスをされ、そのいやらしい行為に惑溺した。

――そうだ。キスに、溺れた。

耀の舌は気持ち悪い生肉などではなかった。雪弥の意識を舐め溶かす甘い肉だった。砕けた腰が熱く疼《うず》いて……おかしくなりそうだった。いや、確かにおかしくなっていたのだ。選《よ》りによって自分を壊した張本人から与えられたキスに心も身体も激しく昂められたなど、異常としか言いようがない。

保高に唇を眺められていることにむず痒《がゆ》さが起こり、雪弥はふたたび手を口元に当てた。

「ふーん」

保高が目を眇めて、なにかを推し量る表情をする。

「なんですか」

「昨日の晩、寮の部屋にいなかったのは、そういうわけだったのか。新潟の実家から『越《こし》の寒《かん》梅《ばい》』が送られてきたから、お前にも飲ませてやろうと思って呼びに行ったんだけどな」

女といたと解釈される分には、特に問題もない。

「たまには、僕にもそういう夜があります」

幾分の艶《えん》を含んで返しておく。

そういう切り返しが意外だったのか、保高は数秒真顔になってから破顔した。

「そりゃあそうだ。今度、紹介しろよ。お前に釣り合う女かどうか、俺がチェックしてやる」

「よろしくお願いします」

調子を合わせておくと、まかせろと言わんばかりに保高がしっかりした胸板をポンッと叩く。

それから、ちょっとだけ口惜《くや》しそうな表情をした。

「しっかし、やっぱオンナには敵《かな》わねぇなあ。俺がこの一年なにやっても変わらなかった瀬口を一晩で変えちまうんだから」

「別に、僕はなにも変わってないですよ」

さらりと答える。豚の生姜焼き定食と山菜そばが運ばれてきた。香ばしい湯気がふわぁとテーブルに広がる。

「あとで鏡を、よーく見てみろ」

割り箸をぱちんと綺麗に中心で割って、保高が目尻に笑い皺を刻む。

「昨日までと違う顔してるぞ」


「う……ん」

温かな羽毛布団のなかでだるく寝返りを打つ。

枕に火照る顔をきつく埋める。悩ましく眉を寄せて、睫をわずかに上げる。夜明けが近いのだろう。カーテンの隙間からはかすかな光を溶かしこんだ紺色が覗いている。

雪弥は布団の下、パジャマのウエストから手を滑りこませた。そして苦い溜め息をつく。下着のなかはべっとりと濡れていた。

見た夢は覚えていないが、月に一度はこうやって夢精する。

起きているときは自分で煽《あお》り立てても射精できないから溜まったものを排出する必要があるのだろうが、いい年をしてまるで粗相をした子供みたいな思いをするのは勘弁してほしい。

こんな状態のまま二度寝するわけにもいかない。

顔を掌で乱暴に擦って眠けを払い、身体を起こす。

着替えを持ってバスルームに向かい、まだ寝ぼけている身体をもがくようにして衣類を脱ぎ、ランドリーボックスへと放った。

シャワーのノズルから勢いよく迸る飛沫《ほとばししぶき》に頭から突っこむ。ブラシにボディソープを大量に振りかけて身体をザッと洗っていく。そうしながら、タイル壁に嵌めこまれた、湯気に曇《くも》る全身鏡を見やる。

『あとで鏡を、よーく見てみろ。昨日までと違う顔してるぞ』

ふと保高の言葉を思い出した。

細かな泡に塗《まみ》れた身体で、雪弥は鏡の前に立った。薄らぼんやりと顔が映っている部分を掌で擦る。おとがいのスッとした顔がそこに現れる。

奇異なほど黒目勝ちな、切れ長の目。

なめらかなラインの鼻梁。

いつもは情の薄そうな唇が、昨日、無意識のうちに何度もいじっていたせいか、わずかにふしだらな様子で腫れている。

見慣れた自分の顔でいて、保高の言うように、どこか違う。

少しだけ、人形のような冷たい硬さが和らいだようだった。

保高にはとっさにわからぬふりをしたけれども、実際のところ、雪弥は自身の変化を——感覚や感情の変化を感じ取っていた。そして、それにひどく戸惑っている。

耀と再会したことによって揺り起こされた激しい感情や、鮮明な感覚。この十一年間、どこか隔絶されたようだった世界が、感触や温度、匂いをともなって一気に迫ってきていた。

雪弥は両の掌を鏡に押し当てると、ゆっくりと擦った。

男の身体が少しずつ露《あら》わになっていく。

いくぶん頼りない肩のライン、厚みの足りない胸板、なだらかな腹部、細く締まった腰……心許《こころもと》ない量の草叢《くさむら》。そこから垂れている赤い先端をなかば隠した性器。

映し出されたその裸身は、すぐまた鏡面の曇りに朧《おぼろ》になる。

雪弥は鏡の前から離れると、シャワーで全身の泡を流した。

さっぱりして部屋に戻ると、カーテンの向こうは白みはじめていた。

キッチンスペースに立ち、棚から紙フィルターと挽《ひ》かれたコーヒーの粉を取り出してコーヒーメーカーにセットする。しばらくすると香ばしい匂いが漂いだす。

保高に言わせると「苦くて焦げた味がする」コーヒーをカップに注ぎ、ブラックのまま口に含む。

カップを片手に、雪弥はワンルームの部屋の端に置かれたベッドへと向かった。

乱れた掛け布団を押し退けて、シーツに腰を落とす。枕元に置いてある携帯電話を拾い上げた。既読のメールボックスを開く。

一月十六日　四時七分
『今日は雪弥に会えて、夢を見ているみたいだった。いまもまだ夢を見ている気分だ。ありがとう。おやすみ』

一月十六日　十九時三十五分

『雪弥は母さんが作るオムライスが好きだったろう。今度、作ってあげるから、うちに遊びにおいで。いまは六本木のマンションでひとり住まいだからいつでも歓迎するよ』
一月十七日　一時三十一分
『会いたい』

「…………」

胸に込み上げている感情がどういう種類のものなのか選り分けることは、とても難しかった。

こんな勝手な話はない。

葛城耀は、幼馴染で親友だった自分を犯して、そのまま十一年間も行方をくらましていたのだ。あのことで、自分の心身はどれだけのダメージを受けたことか。感情が鈍麻していたのも、性的に不能状態に陥ったのも、耀が原因だ。

それなのに耀はいまさら、紳士然とした魅惑的な顔と肢体を具《そな》えて、雪弥の前に現れた。

そして、好きだったと——ずっと好きだったと甘く告げて、唇を奪ってきた。

「なにを、考えてるんだ？　おかしいだろう？」

額に手を押し当てて、雪弥は呟く。

それは耀に対する言葉であると同時に、自分に対する言葉でもあった。

耀からのメールの文字のひとつひとつに、胸が震えてしまうのだ。その震えは決して嫌悪の情ばかりではない。

昔、耀の口にする言葉のひとつひとつは、自分にとって特別な意味があった。ひとりぼっちの夜、ベッドのなかで、その日に耀が口にした言葉を甦らせて心を慰《なぐさ》めていた。いま、こうして耀からの言葉を見詰めている気持ちはそれと似ている。

——また、振りまわされて……裏切られるつもりか？

自嘲《じちょう》の笑みを浮かべることで、自分の心を制御しようとする。

耀を恨む気持ちは了解できるが、彼を慕う気持ちを認めることには強い抵抗があった。

耀からメールがあっても無視することに決めた雪弥はしかし、その日一日、朝から晩までメールの着信を気にして過ごした。そして、日付けが変わっても、耀からのメールはなかった。

三通のメッセージを無視されたことで、耀は諦めたのだろうか？

疲れ果てて寮の部屋に戻った雪弥はスーツ姿のままベッドに座り、携帯電話を取り出した。

自分から耀に連絡を取る手段はここにある。

けれど、やはりどう考えても、自分から連絡を取るのはおかしい。あり得ないことだ。あんな男に少しも甘い顔を見せてはいけない。

携帯電話を置こうとしたときだった。

手のなかの電話が機械音を鳴らしはじめ——一昨日の晩、なかば強引に登録された葛城耀の名前がディスプレイにくっきりと浮かび上がる。

そのとたん、あたかも周りの世界が消え去ったかのような感覚に、雪弥は陥った。

見慣れた部屋が消え、自分と携帯電話だけが存在している。

寮の横の通りを走る自動車の音が消え、ただ手のなかで携帯電話だけが音をたてている。

電話に出ない、という選択肢はまったく浮かばなかった。

気がついたときには、通話キーに触れて携帯を耳に押し当てていた。

『雪弥、まだ起きてたかい？』

背筋に痺《しび》れを感じて、思わず目を閉じる。

「……起きてた」

『そうか。よかった。仕事が立てこんでて、メールできなくて悪かった』

耀が本当に申し訳ながっているような声を出す。

メールを待っていたと決めつけられ、そういう気持ちが確かにあっただけに、雪弥はなおさら否定したくなった。気持ちをなんとか落ち着けて、冷ややかな声で返す。

「メールを送られても、返信する気はないから」

『構わないよ。俺が勝手に送りたいだけだ』

そう言ってから、電話の向こうでふっと笑う気配が起こる。

『メールは返さなくても、こうして電話にはすぐに出てくれてる。それで充分だよ』

「…………」

『ねぇ、雪弥』

甘みを孕《はら》んだ低音が耳の底をくすぐる。

『明日の二十時、警察署の前で待ってる。メールで送ったとおり、俺の家で料理を作ってあげるよ』

「……そんな時間に仕事は上がらない。大体、オムライスなんてもう好きじゃない」

『終わるまで待ってる。オムライスは、食べたらきっとなつかしくてまた大好きになるよ』

待っても無駄だ。

会うつもりはない。

オムライスなど食べたくない。

食べても、また好きになることなど、決してない。

そう言わなければならないと思うけれども、どれも言葉にはならなかった。

耀は無言を肯定と取ったものか。

『愉しみにしてるよ。おやすみ、雪弥』

昔の耀とは随分と喋り方やトーンの違う優しい声は、通話が切れてもしばらく耳に残っていた。そしてその耀の声に対して、なんの恐怖も嫌悪も感じていない自分がいることに気づく。


警察署前の駐車スペースにバックで車を入れながら、雪弥はガードレールに腰を預けた男の姿を意識していた。

歩道の通行人たちは性別を問わず、その男につうっと視線を奪われる。無理もない。それだけの容姿と雰囲気を男は具えていた。

精悍でいて品のある彫りの深い顔立ち。長身に纏ったスーツとコートは、彼が身につけているからこそ一級品の説得力を増している。隙もないように整っていながら、額に軽く流れかかる前髪の様子が、幾分の乱れとなって色気を滲ませる。

「なんだ？　あの目立つ男は」

助手席で保高がシートベルトを外しながら呟く。

さあ、と知らぬふりをしようとしたが、葛城耀がこちらを凝視していることに気づいて、雪弥は顔を強張《こわば》らせた。

視線がぴったり重なっている。耀がガードレールから腰を上げる。大きな足取りで、優雅にコートを翻しながら近づいてくる。

「あいつ、瀬口の知り合いか？」

「……ええ、ちょっと」

曖昧《あいまい》に返しながら、雪弥はドアを開け、運転席から降りた。

すでに耀は目の前まで来ていた。

「お疲れさま、雪弥」

雪弥は首筋から背筋までまっすぐに伸ばして――そうやって態勢を整えて、耀を見上げた。子供のころから耀は常に十センチ以上、雪弥より背が高かったが、いまもそれは変わらない。

耀の顔をじっと見て、雪弥はかすかに眉根を寄せた。

しっかりと整った男の顔、その鼻の頭や頬に間の抜けた赤みが差しているのに気づく。反して唇には血の気がない。

「…………。まさか本当に八時からここにいたのか？」

「ああ。八時少し前に来た」

いまは十時半だ。今晩の冷えこみは並みではない。二時間半もこんなところにいたら身体の芯まで凍えてしまっているに違いなかった。

胸のあたりに、苦しいような圧迫感が起こる。

それを自分自身気づかないふりをして、雪弥は淡々と告げた。

「そんなに待っててもらって申し訳ないけど、これからまだ仕事があるんだ」

「何時間でも待つよ」

「困る」

「待っているのは気にしないでくれていい」

「……」

と、ウウンと背後で保高が咳払いをした。振り向くと、「ちょっと、瀬口」と二の腕を引かれる。耀に聞こえない小声で保高が言ってくる。

「そんな男には見えないが、もしストーカーとかなら俺が追っ払ってやるぞ」

「……いえ、そういうのじゃないです。その、幼馴染で」

「なんだ。そうか」

保高の目尻に安堵の皺が浮かぶ。

そして、雪弥にとってはありがた迷惑な言葉を大声で口にした。

「せっかくだ。仕事のことは気にしなくていいから、リフレッシュしてこい。お前にもちゃんと友達がいたとわかって安心したぞ」

「え？　いえ、それは――」

雪弥の肩をやんわりと摑む耀の顔には、心から嬉しそうな微笑が浮かんでいた。

「ありがとうございます。では、少々お借りします」

強い手に二の腕をがっちりと取られて、ほとんど連行されるようにして、雪弥は警察署からほど近くにある立体駐車場へと連れて行かれた。

耀の車はシルバーのキャデラックＸＬＲだった。

優に一千万円を超える高級外車で、ステルス戦闘機をモチーフにした直線基調のボディにはハードな色気がある。

雪弥はその助手席になかば無理やり座らされた。ドアが閉められる。

ここまで来たものの、耀の家に行く気はなかった。そこまで気を許してはいない。

耀が運転席へと回ってシートにつくあいだに車を降りようとしてドアを探ったが、なぜかドアノブがない。耀が左側の運転席に収まる。

耀は革の手袋を外すと、雪弥へと手を伸ばしてきた。ドアを探っている雪弥の手を摑んでくる。とっさに振り払おうとしたけれども、そうするには耀の手はあまりに冷えきっていた。自分を待っていたために、こんなふうに強張るほど凍えてしまったのだ。

メールででも電話ででも、戻り時間が遅いと伝えることはできたのに、自分はそうしなかった。

……自分から一度でも彼に連絡を取れば、なにかが崩れてしまう気がしたのだ。

崩れだしたら、止まらなくなるのではないか？

どういう方向への崩壊か暴走かわからなかったが、長いあいだ仮死状態にあった心には、それはとても危険なことのように思われた。

おそらく耀は、自分にとっての重大なスイッチなのだ。

彼と接触することで電流が発生し、心と身体が目覚めて、動きだす。

ずっと、心身がまともに機能することを望んでいた。

けれどもいざ機能しはじめると、今度は恐ろしさを覚える。

長いこと目の見えなかった人間が視覚を取り戻したとき、世界を混乱した色の組み合わせとしか認識できないという。視覚情報を分析する脳の機能が退化しているからだ。自分はいま、それに似た状態なのかもしれない。

暴力的なまでになまなましい感情や感覚に、押し潰されそうだ。

「大丈夫だよ」

雪弥の手のかすかな震えから、不安な心を読んだのだろうか。耀が優しく力強い声で言う。

「雪弥はなにも心配しないで、ぜんぶ俺に任せておけばいい」

耀のマンションは、六本木に聳え立つ超高層マンションの上層部だった。

こういうところに住む人間たちは、金銭という尺度で人生を計ったとき、成功者に分類される者たちばかりだ。

そして、ここに住んでいるということは、耀もまた成功者なのだろう。

広すぎるリビングの天井から床まで張られた窓ガラスには、夜の地上と空、遥《はる》か彼方《かなた》までが巨大な一幅《いっぷく》の絵のように収められている。

すべてのものが足元に傅《かしず》いているように見えた。無数の明かりのひとつひとつに人間の存在を実感するには、ここはあまりにも高すぎる。すべての光が、この窓からの夜景を描くために灯されているかのように思われた。

実際、雲のうえに住んでいる人間たちの理論など、そういったものなのかもしれない。

雪弥は窓に背を凭せかけて室内を見返った。

家具は少し癖のあるスタイリッシュなデザインのものが多い。一歩間違えると家具同士が喧《けん》嘩《か》しそうだが、微妙なラインで見事に纏まっている。

カウンターで仕切られたキッチンスペースには、黒いシンプルなエプロンをつけた男の姿がある。

青いストライプのワイシャツの腕を捲《まく》って、彼は包丁を握っていた。手馴れた様子で料理をしている。

その姿を眺めながら、雪弥は違和感を覚えていた。

細かな仕草ひとつとっても、記憶のなかの耀よりもずいぶんと穏やかで品がいい。それは耀と再会してからずっと気になっていることだった。大人になったからという理由だけでは納得できないなにかを感じるのだ。

――印象が違うからこそ、まだしもこうやって同じ部屋にいられるんだろうけどな。

耀が昔の耀のままだったら、さすがに恐怖心や怒りが勝《まさ》ってしまったに違いない。

よく炒《いた》められたタマネギの香ばしい匂い。それから鳥肉や野菜が焼かれる匂いがしてくる。

……どうやら耀は母親のオムライスのレシピをしっかり踏襲《とうしゅう》しているらしい。漂いだした香辛料の香りに、物悲しいまでになつかしい気持ちを刺激される。

耀の家のオムライスは、雪弥にとっては幸せな家庭の象徴だった。

とろみの残る薄焼き卵の膜のなかには、ケチャップとさまざまな香辛料で味を調《ととの》えられたチキンライスがふっくりと収められている。気取った味ではないけれども、どこにでもある味でもない。耀の母親が家族の味覚に合うようにと作り出した味だ。

そのオムライスを一緒に食べさせてもらうとき、雪弥は自分が葛城家に入れてもらえている気分を味わうことができた。

母親に存在を無視されていた子供時代、耀の家の子供であるかのように錯覚する時間は宝物だった。

調理が終わったらしい。

耀がダイニングテーブルにランチョンマットを敷き、スプーンやフォーク、グラスを並べていく。座っててくれ、と声をかけられて、雪弥はテーブルについた。

「サラダのドレッシングも母さんの味に近いと思う。ゴマ風味の、好きだっただろう。そうだ。雪弥、ワインはいけるか？」

「まぁ、普通には」

「よかった。こういう料理に合う軽い赤で、いいのがあるんだ」

耀があまりに甲斐甲斐しく、そして嬉しそうにするから、雪弥は次第に警戒を張り巡らせるのも大人げないような気持ちになってくる。

もしかすると、耀は本当に、後悔しつづけてきたのかもしれない。なんとか十一年前の罪滅ぼしをしようと心を砕いているようにも見える。

オムライスが運ばれてくる。

昔、耀の家にあったのとそっくりなベージュ色の楕円形の皿に盛られたそれは、緩めの金色の薄焼き卵の様子から香り、うえに載せられた鮮やかな緑色のグリーンピースまで、本当に記憶のなかからそのまま取り出してきたかのようだった。

コルクが抜かれて、ふたつのグラスにワインが注がれる。

耀は向かいの席に座るとグラスを持ち上げ、置かれたままの雪弥のグラスの縁に軽く当てた。かすかに高い音が鳴る。

「十一年ぶりの再会に」

「……」

　雪弥はワインには口をつけずに、まずオムライスにスプーンを差しこんだ。

　やわらかな卵の膜は抵抗もなくつるりと破れ、なかのケチャップ色の炒め御飯が覗く。それをスプーンで掬《すく》い、口へと運ぶ。

「どうだい？　雪弥に食べさせたくて、何度も練習したんだ」

　少し心配そうな表情で、耀が訊いてくる。

　口に拡がる味に、かつての幸せな時間が甦ってきていた。

　雪弥はその子供が好きそうな甘みのある料理をゆっくりと噛《か》み締める。噛み締めるごと、心の強張りが解けていく……。感想は口にせず、雪弥は何度もほっくりとした食感のオムライスを口に入れた。

　不覚にも涙ぐんでしまいながらひたすら口を動かす雪弥を見詰めて、耀が「よかった」と呟く。優しい呟きだ。

　なつかしい味のする料理を、雪弥は無言で食べ終える。

「ワイン、一口も飲んでないね」

　身も心も緩んだ雪弥は、思わず素直な言葉をぽろりと口にしていた。

「この味がワインで流れるのが、嫌なんだ」

　耀が大きく瞬きをする。そして、彼は椅子から腰を上げると、テーブルに左の掌をついた。

雪弥へと右手を伸ばしてくる。

顎の下に軽く人差し指がかけられる。顔をわずかに上げさせられた。男の親指が、そっと雪弥の唇を右から左へと撫でる。

「ケチャップがついてる。雪弥は口が小さめだから、昔から食べるのが下手だったね」

耀は親指についたケチャップを舐めながら、ふっと目を細めた。

「オムライスならまた何度でも作るから、ワインを飲めばいい」

心臓が大きく音をたてている。ワイングラスを持ち上げると、赤い液体の表面が大きく波打つ。それで自分の手が震えていることを知る。慌ててグラスをテーブルへと下ろしたが、耀には動揺を見透かされたに違いなかった。

耀がテーブルを回って、雪弥の横に立つ。彼の捲られたままの袖からは、逞しい腕が覗いている。その手がすいと雪弥のワイングラスを掬った。

「ほら、顔を上げて」

頭をかかえこむようにして喉元を掌で包まれ、顎を上げさせられる。

「口を開けて」

「い、いい。自分で……」

グラスの冷たくて硬い感触が唇に訪れる。グラスがゆっくりと傾けられる。

雪弥の唇はわずかに開いて液体を受け入れた。

「美味しいだろう？」

包まれた掌で嚥下《えんげ》を読まれるのが、無性に恥ずかしい。軽く噎《む》せる。頭の芯がジワジワと痺れていた。ふたたび、唇にグラスが寄せられる。細いひんやりした流れが火照《ほて》る口腔をくすぐる。

グラスが唇から離れた。そして代わりに、耀の唇が落ちてくる。開いたままの雪弥の唇を舌がくぐる。

「ん……っ、ふ……んんっ」

雪弥はやめさせようと耀の胸を押した。飲みこんでいない赤ワインが重なった口のあいだから溢《あふ》れかえる。それは雪弥の白い顎から喉を濡らし、ワイシャツの襟元を薄紅色に染めた。

ワイン塗れの口のなかを舌で掻きまわされて、卑猥《ひわい》な水音が絶え間なくたつ。

こういうキスに免疫がほとんどない雪弥はすぐに抵抗できなくなる。手指が力を失い、だらりと落ちた。瞼は完全に閉じてしまっていた。唇が離れても、目を開けることができない。

身体が椅子からふわりと浮き上がった。男の強い腕に抱き上げられていることに気づいてもがいたが、力が入らない。

暗い部屋へと連れて行かれる。

やわらかな――ベッドへと身体をそっと下ろされる。

「耀、なに……」

闇の濃淡しかわからないなかで、ジャケットを脱がされた。続いて、ネクタイを抜かれて、

雪弥は鳥肌を立てた。十一年前のように乱暴な仕草ではなかったけれども、耀があの時と同じ

ことを求めているのがわかった。

「いや、だっ」

恐怖にぎこちなくしか動かない身体でベッドから起き上がろうとすると、手首にネクタイを巻きつけられた。腕を頭上に上げるかたちでヘッドボードに拘束される。ベルトに男の手がかかる。必死にあがいているつもりだったが、耀は抵抗をものともしない。スラックスと下着を一緒くたに引きずり下ろされ、暗闇に下半身が剝き出しになる。

耳元で、耀が宥めるように囁いた。

「雪弥、頼む。協力してほしいんだ。一緒に『彼』を助けてくれ」

耀の言っている意味がわからない。

ふいに耀の身体がどさりと雪弥の横に転がるように倒れた。

そして、奈落から響くような低い呻き声が空気を震わせた。

シーツを引っ掻く音。

マットレスが細かく振動する。

耀が痙攣《けいれん》を起こしているらしいことに気づいて、雪弥は怯えながらも顔色を変えた。

「……耀？　どうした、耀？」

今度はしんとした静寂が落ちる。

と、闇をさらに凝《こご》らせたような人の影がむくりと身を起こした。

「――っ、またか」

少し乱暴な甘みのある声。舌打ち。

ベッドに腰掛けたまま、男の影が壁へと手を伸ばした。そこに照明のスイッチがあったらしい。天井の四隅に埋められたダウンライトが光を溢れさせる。

男は太い溜め息をつきながらぞんざいな手つきで髪を掻き上げ――その手の下から、茶褐色の瞳で雪弥を見た。そして。

「…………」

その目が驚愕した様子で見開かれる。

「ゆき、や？」

それはまるで、雪弥がここにいるのを知らなかったかのような奇妙な反応だった。

そして同時に雪弥に衝撃を与えたのは、いま対面している男こそ、雪弥の知っている葛城耀だという事実だった。

男らしい美貌は傲慢さと意地の悪そうな甘さを孕んでいる。さっきまでの優しくて上品な男に覚えていた違和感はいまはもうない。

「――ついに我慢できなくなったってことか？」

耀は曖昧にそう呟くと、改めて雪弥に――雪弥の身体に視線を這わせてきた。

うえはワイシャツを着ているが、下半身は衣類を膝まで下ろされている。仰向けの姿勢、両手はヘッドボードの木の格子にくくりつけられている。服を自分で直すこともできず、せめて下腹だけでも隠そうと雪弥は右膝を立てて腰を捩った。

潤んでいく耀の瞳に、首筋がざわりとする。

「どうして……どういうことなんだ？　君は……」

「悪いが、記憶が飛んでて、どういうことなのかは俺にも説明できない」

自分のことなのにあっさりそう言うと、耀は雪弥の顔の横に手をついた。そして、もう片方の手で、まるで盲人がそうするように雪弥の顔を辿りはじめる。皮膚《ひふ》を指の腹で引っ張られる。なつかしんでいるのか、嬲《なぶ》りたいのかわからない触り方だ。

唇を親指で何度もきつく擦られる。唇が熱を孕みだす。

「雪弥――ゆきや……」

確認するように名前を呼ばれ、

「……もう一度、こんなふうにしたかった」

指で擦りたてられた雪弥の唇に、耀の唇が押し被さってきた。

重なったとたんに荒々しく舌を突き入れられる。熱っぽい舌が口内で暴れる。耀の手が慌ただしく雪弥の剝き出しの下腹に伸びた。性器をまさぐられる。

「ん、んっ――！」

露骨な危機感に衝《つ》き上げられて、雪弥は激しく首を横に振った。舌が抜け、唇が外れる。

「初めから、こういうつもりだったのかっ。僕の機嫌を取ったのは、こんなことをするためだったのか？」

間近の男の顔を冷たく睨み、雪弥は厳しい声を出した。

耀がわずかに右の唇の端だけで笑みを作る。昔とまったく同じ笑い方だ。

「機嫌を取られて、のこのこ来たわけだ。だとしたら、雪弥のほうこそどうかしてるんじゃないのか？」

スラックスの膝が雪弥の閉じようとする脚のあいだに強引に押しこまれる。犯されたときのことがありありと蘇ってきて、雪弥は激しく身震いした。

「僕に触るな！」

脚の付け根に押しつけられる膝から逃れようと、雪弥は身体をずり上げた。手首を拘束されているヘッドボードに頭をぶつける。

痛みに眉を寄せる雪弥の顔を見下ろしながら、耀が改めて膝頭を進めてくる。

「いや、だっ……脚をどけろっ」

会陰部をざらりとしたスラックスの布地に埋められて、雪弥の腰は自然と縒《よ》れた。

「なんだ？　これだけで気持ちいいのか？」

膝頭が脚の奥をマッサージするように蠢《うごめ》く。厚みのある繊維に際どい場所を擦られていく。

雪弥のワイシャツの裾から差しこまれた大きな手が素肌を撫でる。身体の微妙なラインまで掌に刻みつけるように、ゆっくりと力強く肌を探られる。背中を撫でられて、雪弥は身体をくっと弓なりに反らした。

「耀、本当に、やめてくれ――僕は、ダメなんだ」

「ダメってなにがだ？　もう初めての子供じゃないんだ。ちゃんと愉しめるだろう……って、雪弥の初めては俺だったな」

乳首に、男の指が引っかかった。やんわりと親指と人差し指に摘《つ》まれて、雪弥はそこがぷつりと粒状に凝ってしまっていることを知る。指を擦り合わせる仕草でその薄い皮膚を刺激されると、火を灯されたように胸の表面が熱くなっていく。

首筋を大きく出した舌で舐めまわされる。

「…………っ、ふ」

手脚の指先に静電気が溜まったかのようなチリチリした感覚が生まれていた。耳が熱い。喉が震えて、息が乱れる。

「感じが出てきたな」

耀は身体を起こすと、雪弥の足首へと手を伸ばして衣類と靴下を抜いた。雪弥が纏っているものは胸のうえまで捲り上げられたワイシャツ一枚だけになる。

腰を捩って性器を隠そうとすると、両の脛《すね》を鷲掴みにされた。股を思いきり左右に開かされ、脚のあいだに陣取った耀にすべてを曝《さら》け出す姿になる。

初めてのセックスは暗い部屋で無理やりだったし、それ以降はまったくそういう行為をしてこなかった雪弥にとっては、この姿勢ひとつだけでも気が遠くなるほどの恥ずかしさだった。

懸命に脚を振って耀の手の拘束から逃れようとする。

「そんなやらしく腰を振りたてられたら、すぐに突っこんでやりたくなる……ペニスが躍ってる」

その言葉で、雪弥は自分がかえってあられもない痴態《ちたい》を晒《さら》していることに気づく。小ぶりに締まった尻をシーツへとカクンと落とす。

耀は目を細めると、宙に持ち上げた雪弥の足首の内側に唇を寄せた。ちろちろと肌を舐め、噛みついてくる。そうしながら、彼は雪弥の顔を胸を局部を順繰りに眺める。

見られた場所が一瞬緊張に冷え、それから一気に熱を帯びる。

性器や、脚の奥の窄《すぼ》まりに視線が絡みつく。粘膜の口がキュッと竦む。性器の芯がジクジクと疼いて硬くなりはじめていることに、雪弥は当惑する。

耀に犯されて以来、意識のあるときにここまでの昂ぶりを覚えたことは一度もなかったのだ。性的な解放は記憶のない夢のなかに限られていた。

「……あっ」

強い手にウエストを摑まれ、正座した男の膝に仰向けで臀部を載せさせられる。しっかりした男の胴で脚を開かされ、腰だけを上げる姿勢だ。

耀の手が、差し出されている雪弥の性器に触れた。

「っ、う」

なかば先端を隠している薄皮を指の輪で引き下ろされただけで、雪弥はブルッと身震いした。内臓めいた薄紅色の亀頭を剝き出しにされてしまう。

「ずいぶんと綺麗な色だな。子供のみたいだ」

「見る、な。そんなところ……ぁ、やっ」

「なんだ。少し撫でただけで、こんなに硬くして。この括《くび》れのところをいじられるのが好きなんだな？」

「っ……く、ぅん」

ペニスを両手で包まれ、亀頭を、裏筋を巧みに二本の親指で捏《こ》ねられる。ゆるく、きつく、茎を握られる。

息が止まりそうな濃密な感覚に、雪弥は身体を小刻みに震わせた。

腹筋がくっきり浮かび上がるほど腹部に力を籠《こ》めて、腿《もも》で耀の腰をきつく締めつける。

「感じやすさは相変わらずだな。あの時も、嫌だって言いながら、すぐにこんなふうに俺の手をぐっしょり濡らしたっけ」

濡れた音がたちはじめて、雪弥は自分が先走りの蜜を溢れさせていることを知る。

「……また、僕を裏切る、のか？」

苦しい呼吸のなか、押し殺した声で詰る。

「また、僕を壊すつもりなのかっ？」

けれど、詰る言葉とは裏腹、雪弥の性器は嬉しげに泣き濡れて、耀の手のなかでぷるぷると震えている。右手の五本の指でぐにぐにと揉まれている亀頭は色合いを濃くし、いまにも薄皮が剝けそうな完熟した果実のように痛々しい。屹立する茎にはぼっこりと血管の筋が浮き上がっている。

自分の器官がそんな状態になっているのを正視するのは初めてだった。

見るに耐えないほどグロテスクだと思うのに、

「こんなところまで、雪弥は綺麗なんだな」

耀はうっとりした口調で言いながら、雪弥の腰の下から膝を抜いた。

そして、雪弥の開いた腿の付け根を押さえつけると、上半身を伏せた。みっともなくいきり勃《た》っているペニスの先端がわずかに開いた耀の唇に覆われる。

「っ——……」

先端の小さな割れ目に差しこまれた舌が、透明な体液を掻き出す。そして、管のなかの液まで飲もうとするように吸ってきた。下品な啜り上げる音がたつ。

「それ、嫌だっ————っ、やめ…………」

性器に熱した針を何本も突き刺されているかのような強烈な感覚に、雪弥は身体を跳ねさせた。

それが達《い》くときの快楽であることを思い出したのは、白濁を耀の唇や顔へと跳ね上げて、すべてを出しきってしまってからだった。

まだ、背中から首筋、頭の芯まで細かな痙攣に埋め尽くされている。

すっかり忘れていた肉体の快楽を引きずり出されて、なかば自失状態に陥っていた。

「あんまりしてないのか？　ずいぶん濃いな。粘ついてる」

唇から顎へと垂れる雪弥の精液を指先で掬うと、耀は親指と人差し指でその重ったるい粘液をくちゅくちゅと弄んだ。糸を引く情液を見せつけられて、雪弥は身を焼かれる羞恥を味わう。

耀の大きな身体が、雪弥の身体のうえを滑るように這い上がり、覆い被さる。

抗議の言葉を探してわななないている唇に、白いどろりとした蜜に塗れた唇が重なる。

自身の精液を唇に塗りつけられた。

「美味《うま》いから、舐めてみろ」

意地の悪い笑みを浮かべて考えられないような言葉を口にすると、耀はベッド脇のナイトテーブルに手を伸ばした。そこに置かれたボックスからティッシュを抜いて顔の白濁を拭いながら、抽斗《ひきだし》を開け、チューブを取り出す。

「前のときは、こういう準備をしてなかったから、お互いに大変だったな」

チューブのなかでは、無色透明のジェルが気泡を閉じこめて、きらきらと輝いている。それが挿入のための潤滑剤だということに気づき、雪弥は絶望を覚える。左脚だけ持ち上げられて耀の肩にかけられると、身体が横倒しになる。

「……僕が馬鹿だった」

冷たいジェルが、あられもなく開かれた双丘の狭間にぐにゅぐにゅと垂らされていく。

「君が本当に後悔してくれてたかもしれないなんて、一瞬でも思った僕は馬鹿だ」

チューブが投げられ、ジェルに塗れた場所をつうっと男の中指が滑る。会陰部をぬるりぬるりと前後になぞられる。ひどく淫靡な感触に、雪弥の内腿は筋を浮きたたせて震えた。

「――後悔か」

指が剝き出しにされている窄まりのうえで止まる。そこは犯されたことを覚えているものか、侵入されたくないと反射的に硬く襞《ひだ》を閉ざす。その拒んでいる場所を、男の指がゆるゆると撫でる。

「後悔は、した」

ぬるまってきたジェルを襞に丹念に塗りこまれていく。染みこみ、じんわりとした熱が生まれだす。細かな襞をそっとめくられた。

「雪弥が俺を許さないのは当たり前だ。いまでも憎んでるんだろう？」

耀の指技はあまりに巧みだった。

拘束されている手できつく拳を握る。足の指をくうっと丸める。けれど、いくらそうやって身体中に力を籠めても、蕾は確実に乱され、力を奪われていった。

ついに、震えながらも男の指に求められるまま、綻んでしまう。

「でも、憎まれてても、俺は雪弥を抱きたい」

「あ……………ぁあっ」

男の節の高い指がずるりと襞を通り抜けた。熱く蠢いている肉を一本の異物が貫く。

「欲しくて欲しくて気が狂いそうになって、それでも我慢してたものが目の前に用意されてたら、食わずにいられない――――雪弥、この狭さは俺以外の男を知らない証拠か？」

「っ、動かす、なっ…………いた、い」

たかが指一本のゆるやかな抽送《ちゆうそう》とはいえ、気持ち悪い痛みが生じる。

「答えたら、優しくしてやる。なぁ、俺だけなのか？」

内壁を擦られ、窄まりの襞がめくれる。

答えずにいると、一本ずつ指が足されていった。三本の指にいびつに内臓を歪められ、痛いほど抉《こ》じ開けられる。根元まで咥えさせられ、尋ねられた。

「縁が伸びきってる。次は小指か、それとも親指がいいか？」

壊されてしまう。

雪弥は汗に濡れた髪を散らして、首を左右に振りたてた。そして、焦点の定まらない眼で男を見上げ、呟いた。

「……だけ、だ」

「聞こえないな」

ぐりっと体内で三本の指が回される。内壁が引き攣れる感覚に、息が止まる。入る隙間を探す動きで親指が拡げられた縁を這いまわる。雪弥はなかば叫ぶように答えた。

「耀だけ、だっ……耀としか、してないっ」

「そうか。俺だけか」

茶褐色の瞳にひどく満足げな色が浮かぶ。

「それなら、しっかり可愛《かわい》がってやらないとな。雪弥を気持ちよくしてやるよ」

耀は肩から雪弥の左脚を下ろすと、体内を三本の指で蹂躙したまま身体を重ねてきた。

髪を少し乱暴な仕草で男の指に搦め捕られる。涙で濡れそぼった睫を舐められる。甘みの少ない刺激的なフレグランスの香りが、発熱した男の肌から匂い立っている。

いつもの潔癖なラインを崩している雪弥の腫れた唇に、大きくしっかりした質感の唇が重なる。舌を深く含まされる。

「んんっ」

口蓋を舐められて思わず身を捩った雪弥は、突然下肢から溢れた激しい甘さに目を見開いた。身体中の肌が一気に桜色に上気し、細やかな汗が噴き出す。

「ん、ふっ……っうう」

男の舌をきつく噛む。

体内の刺激から逃れようともがくけれども、覆い被さっている耀の身体はびくともしない。いま耀の指によってコリコリと捏ねられているそこは、以前犯されたときに密かに快楽を覚えてしまった内側にある快楽のしこりだった。

「舌を噛み切られるかと思った」

唇を剝がして、耀が笑い含みに耳元で囁いてくる。

「最高の反応だ」

柳眉をせつなく寄せ、雪弥は黒く塗り潰されたような切れ長の目から涙を溢れさせた。耀の指のままに、ヒク……ヒク……と身体が痙攣する。

すでに、心も身体も完全な混乱状態に陥っていた。

この十一年間、ずっとガラスケースのなかにぽつりと置かれているような状態だった。感情も五感もまるで他人事のようで、リアルさを欠いていた。

それが、どうだろう。

いま、心も身体も耀にベタベタと触られ、グチャグチャに掻き乱されているのだ。

ようやく指が身体の奥から引き抜かれる。脚を閉じることすら、もう頭に浮かばなかった。

等身大の人形のように置かれたままにしどけなく脚を開き、耀がスラックスの前を開くのを瞬きもせずにぼうっと見る。

それが、握り出される。

脳のなかで身の危険を報《しら》せる光がチカチカと明滅している。

挿入のために、ジェルが男のいきり勃った器官に振り撒かれる。

耀の腕に膝裏を引っ掛けられて、蛙のように股を開かされる。

硬いものを粘膜の口にぐりっと押しつけられた瞬間、雪弥はヒュッと喉を鳴らした。震えながら、男に哀願の眼差しを向ける。

「無理、だ……そんなの、入らないっ」

「そんなのって、どんなのだ？」

整ったおもだちに獣の欲を滲ませて、甘い声が尋ねてくる。ジェルに塗れた後孔と亀頭が擦れてたつクチュクチュという濡れ音。

「言ってみろ。どうして入らないんだ？」

「…………」

子供のころ、よくこんなふうに耀から意地悪を仕掛けられた。

意地悪だけれども、自分には心を許せる友達は耀しかいなかった。

そして、耀からの意地悪なら受け入れてしまう自分がいた。

錯覚だとわかっているのに、昔に引き戻された感覚に陥る。

雪弥は睫を深く伏せ、火照る唇で呟く。

「……大き、すぎる」

耀が喉で笑う。

「その大きすぎるのを、ちゃんと雪弥に食べさせてやる。力を抜いてろ」

「――耀…っ――――や、あ、ぁ」

襞を押し開いて、性器がめりこんでくる。身体を裂かれる痛みに雪弥は喉を仰け反らせた。

「雪弥」

息を軽く弾ませた耀が意外なほど優しい手つきで涙を拭ってくる。……子供のころ、耀に泣かされてはこんなふうに掌で顔を撫でられたことを朦朧《もうろう》と思い出す。

犯されている状況に不似合いな、かすかに甘い、せつない想いが胸に込み上げる。

わずかに身体の緊張がほどけると、ずるりと楔《くさび》が奥へと入ってきた。

「また、雪弥のなかに入れた」

甘い溜め息交じりに、耀が恍惚とした表情を浮かべる。

繋がってしまえば、もう抵抗ができないとわかっているのだろう。手の拘束が解《と》かれた。そして、あろうことか、手を結合部分に連れて行かれた。太い男の幹を、そしてそれを挿《さ》されている蕾を指で辿らされる。

「ほら、『大きすぎる』のを、ちゃんと雪弥のここは呑みこんでるだろ」

「う……うっ」

苦しくて、情けなくて、雪弥は思わず耀のものを摑んで引き抜こうとした。

その仕草がかえって興奮を招いたらしい。耀は薄い雪弥の腰を両手で摑むと、腰を振りはじめた。

「い、や——そんなっ、あ……っ」

犯されている場所を雪弥は指で押さえた。男にへばりつく入り口の襞が裏返すようにめくれては、内側に巻きこまれる。

と、雪弥の身体がふいになまめかしく跳ねた。同じ場所を突かれると、また同じようにビクッと大袈裟なほど身体が跳ねる。繰り返し、そこばかり突かれる。あの場所だ。

「そこはっ、そこは、嫌だっ」

「嫌だと、こんなふうになるのか？」

もう片方の手を、今度は自分の性器へと導かれた。

「なぁ、嫌だと硬くなって濡れるのか？」

「……ちが」

「違わないだろ。ほら、自分でちゃんと握ってみろ」

誤魔化しようのない発情の証拠を握りこまされる。雪弥の手を包みこんだ耀の手が、淫らな自慰を誘導する。

片手で結合の場所を、もう片方の手でおのれの欲情に触れさせられたまま、雪弥は犯された。痛みと快楽と強烈な羞恥心が混ざりこんで、おかしくなっていく。

「っ、あ――あ、っ」

耀が激しく出入りしている場所はジェルと摩擦でぐずぐずになってしまっている。手のなかのペニスはいまにも欲情を爆《は》ぜそうになって透明な蜜をたらたらと零《こぼ》している。

封印されていた分を取り戻そうとするかのように、箍《たが》の外れた雪弥の快楽は激しいうねりとなって心身を苛《さいな》んだ。

「耀……耀っ、ダメ……もうっ」

耀が激しく腰をグラインドさせる。雪弥の指と耀の指とが絡まって、雪弥の性器を揉みくちゃにする。

ストライプのワイシャツを汗で濡らして、耀が大きく身体を震わせた。根元まで挿しこまれた幹が液を溢れさせるのを感じながら、雪弥もまた頭のなかが白く燃え立つ快楽に声をあげた。


いつ眠りに落ちたものか。

腫れた瞼を上げて一番最初に見たのは男の寝顔だった。二十七歳の成熟した男の顔には確かになつかしい面影がある。

葛城耀に、ふたたび裏切られた。無理やり身体を蹂躙された。

……簡単にこの男に騙された自分の愚《おろ》かしさに、雪弥は唇を噛み締める。

耀が目を覚まさないように用心しながら、痛む身体をそっと起こす。布団から抜け出たとき、耀が「ん?」と呻いて顔を手の甲で擦った。どきりとして身体を強張らせたが、耀の逞しい腕はぱたりと落ちて、呼吸がゆるやかな寝息へと戻る。

裸のままベッドから降りた雪弥は、ふと自分の身体に目を落として眉をひそめた。

幾度もの逐情《ちくじょう》で汚れたはずなのに、肌のどこにもその痕跡がない。草叢も性器も、綺麗になっている。

――耀が、拭いてくれたのか?

彼以外には考えられなかったけれども、この酷い男がそんな親切をするとも考えづらい。

昨晩、フローリングの床に投げ捨てられた衣類が見当たらず、雪弥はリビングへと向かった。

床を踏むごとに、下腹に痛みがズンと突き抜ける。

廊下を抜けてリビングに入ったとたん、カーテンを開け放たれたままの大きな窓からの景色が視界に広がった。

透明な暁光《ぎょうこう》を溶かしこんだ青紫色の空。刷毛《はけ》でさっと引かれたような雲のほの白さ。

地上の明かりは、空の星とともに光を失いつつある。

超高層マンションの上層階から望む明けゆく都会の姿は、夢のように美しく、そしてどこかうら寂しい。

雪弥の衣類は皺にならないように、ソファに置かれていた。耀がそんな心遣いをしたとはやはり思えないまま、服を身につけ、マンションをあとにした。

タクシーを拾って寮へと向かいながら、雪弥は不可解な思いに深く囚われていた。

耀の、あのチグハグさはなんなのだろう？

上品でとても優しい顔と、元の耀そのままの強気で意地の悪い顔。

オムライスを上手に作った手と、苛む愛撫を行った手とが同じ人間のものだとは、どうしても思えない。

容赦なく快楽を引きずり出して雪弥を汚しきった人間と、行為のあと雪弥の身体を清めて服をソファに置いてくれた人間は、果たして同一人物なのだろうか？

考えれば考えるほど、混乱する。

『協力してほしいんだ。一緒に「彼」を助けてくれ』

彼、とは誰のことなのか？

『悪いが、記憶が飛んでて、どういうことなのかは俺にも説明できない』

あの時、耀はベッドルームに雪弥が忽然と現れたかのような反応をした。

多重人格、という言葉がふいに思い浮かぶ。

——まさか、な。

ドラマや映画でもあるまいし、現実に多重人格などというものがそうそう転がっているわけがないと、かぶりを振る。

——それに、多重だろうがなんだろうが、僕には関係のないことだ。
自分はもう二度と耀を信用しない。
彼に会うことも、もうないだろう。

3

「通り魔事件、先週は起こりませんでしたね」

「ああ。派手にマスコミで流れたし、こっちも水曜の巡回を強化してるからな。制服警官がうろちょろしてたら、犯人だっておいそれとは動けないだろう」

腕時計をちらと見て、保高が続ける。

「今日もこのまま二時間経ったら、二週続けて被害者なしだ」

例の、毎週水曜日に起こっていた、通行人の頭に背後から紙袋を被せて腕の骨を折る暴行事件は、容疑者の割り出しは難航しているものの、六回目の犯行を防ぐことはできていた。

マスコミで『袋男事件』などという微妙なキャッチ付きで扱われたせいで、事件の認知度は一気に跳ね上がった。お陰で、朝まで繁華街をふらふらと徘徊《はいかい》していた高校生や大学生たちの姿はここ二週間、めっきり減っている。深夜のデートスポットの大きな公園にも人影はない。

少し用心深い住人はどこに暴行魔が潜んでいるかわからない夜道を歩くのを避け、遅くなってからの帰宅にはタクシーを使っているようだ。水曜ともなれば、いつもは駅前のロータリーに溢れている客待ちのタクシーも出払う。

いま雪弥たちが巡回している繁華街裏の道にも、まったく人の姿は見られない。

「ここまで人がいないと平和ですね。少し前まで夜間の犯罪がけっこうあったのに、ターゲットがいないせいで犯罪者もおとなしくしてるしかないんでしょう」

「けど、酔っ払いの行き倒れひとりいないなんて、これはこれでゴーストタウンみたいで気持ち悪いな」

コートのポケットに手を突っこんで、保高がぶるっと身震いする。

「あー、なんか、トイレ行きたくなってきた」

「……保高さんて、けっこうデリケートですよね」

「別に怖くてトイレに行きたくなったわけじゃないぞ。それに大体、瀬口が動じなさすぎなんだろう。お化け屋敷で脅《おど》し役の人間を冷ややかな目で見るような可愛くないガキだったんだろうなぁ」

「そうでもないですよ。子供のころは、かなり怖がりでしたから」

微苦笑を浮かべて訂正してから、雪弥は有料の立体駐車場を指さした。

「ここの地下にトイレありますよ」

「ああ、ちょっと借りてくるな」

建物のなかに入り、保高が階段を下りて行ったのと入れ違いに、二階から下りてくる軽い足音が聞こえた。コンクリート打ちの空間から子供のはしゃいだ声が聞こえる。

「ちぇーっ。せっかく来たのになー」

「水曜はいつも駐めてるのにね」

ちょっと掠れた高い声。小学校の三、四年といったところか。

「俺、大人んなったら、絶対XLR買うんだ！　そしたら、ここに見にこなくても、毎日見られるもんな」

「えー。でもあれって千二百万円とかするんだよ。こないだ雑誌に書いてあったもん」

「いいよいいよ。俺、宝クジとか当てっから。一億あったら、何台も買えるじゃん。そしたら、タクミにも買ってやるよ。何色がいい？　俺はやっぱシルバーかな」

「え、僕もシルバーがいいよ！」

「うーん。仕方ないなぁ。お揃いかー」

タタンタタンとリズムを刻みながら階段を下りてくる、ふたつの足音。

階段から建物の外に続く通路へと飛び出してきた子供ふたりは、黒いロングコートを着た大人の姿にビクッとして、同時に立ち止まった。

雪弥は腰をかがめて自分の膝に手をつき、目線を下げた。

「こんな夜に子供だけでふらふらしてると『袋男』に襲われるよ」

褐色の肌をした気の強そうな少年がプッと頬を膨らませる。

「『袋男』なんて怖くねぇもん。それにふらふらしてたわけじゃない」

「ああ、ふらふらしてたんじゃなくて、車を見てたんだ？　キャデラックＸＬＲ」

ＸＬＲという響きを聞いたとたん、子供たちはふたりともパッと顔を明るくした。

「もしかして、おじさんもＸＬＲを見にきたの？」

おとなしそうなほうの少年が目をパチパチさせながら訊いてくる。

「いいや。でも好きなんだ。ここによく駐車してあるのかい？」

「うんうん。撮ってあるの、見る？」

見たいな、と言うと、少年はダッフルコートのポケットから携帯電話を取り出し、画像を呼び出した。

「ここっていっぱい車あるから、カッコイイの撮ってるんだ」

雪弥の目の前に、携帯電話がかざされる。ディスプレイには、エッジの効いたデザインのシルバーの車が映し出されている。

「かっこいいね。よく撮れてる」

そう感心したふうに言って、雪弥はさりげなくさっき漏れ聞いた会話の確認を取る。

「この車、いつ駐めてあるんだい？　今度、見にきたいんだけど」

「もう、見らんないかも。先々週までは水曜の夜に、ここの二階に駐めてあったんだ。なのに、今日も先週もなかったし」

活発な印象のほうが答える。

「そうか。残念だなぁ……ねぇ、この画像を僕の携帯に送ったらダメかな？」

「え？　いいよ！」

同じ車を好きだというのは、男にとっては非常にポイントの高いことだ。それは、子供だろうが大人だろうが変わらない。少年は嬉しそうな顔で、雪弥に携帯電話を渡した。

「勝手におじさんのとこに送っていいよ」

「ありがとう」

雪弥は手早く自分のアドレスを打ちこむと、画像を添付して送信した。

「大切にするよ」

微笑してみせながら、携帯電話を返す。

階段を駆け上がる重い靴音が聞こえてくる。保高が戻ってきたのだ。

「お？　なんでガキどもがこんな時間にうろついてんだ？」

雪弥と違って威圧感のある保高の出現に、子供たちは顔を強張らせる。雪弥はふたりの肩にポンと手を置いて、保高に言った。

「先輩は巡回を続けてください。僕はこの子たちを家まで送ってきます」

駐車場を出て、少年たちのリズミカルな軽い足取りに導かれ、車の話をしながら夜道を行く。

十分ほどで古びたアパートに辿り着いた。

「じゃあ、タクミ、また明日な！」

「うん。おやすみ、カズくん」

おとなしそうなほうの子供が、鍵を使って暗い部屋へと入っていく。もう十時半になろうとしているが、家族は誰も家にいないらしい。

雪弥はもうひとりの気の強そうな「カズくん」と呼ばれた少年とともにアパートの赤錆の浮く鉄階段を下りた。

少年が道路で立ち止まり、友達の家の窓を見上げる。

じっとそうしている彼に雪弥は尋ねた。

「あの子の親、いつも遅いのかい？」

「うん、共働きだから――俺んとこの親も共働きで遅かったらいいのに」

少年は白い溜め息をついてから、雪弥を見上げてきた。

「そしたら、ずっとタクミといれるし、タクミをひとりぼっちにしないのに」

「……」

少年はまだ子供の大きさの、でも力強い手で雪弥の腕をパンッと叩いた。

「俺んち、そこの角だから。じゃーな」

ニッと笑って、走りだす。

その後ろ姿を雪弥は見送る。

家々の明かりがカーテン越しに漏れる住宅街の夜、空では月がぽっかりと闇に丸い穴を開けていた。


携帯電話のディスプレイに、シルバーのキャデラックＸＬＲの画像を呼び出す。

この車は十中八九、葛城耀のものだ。

国内でそうそう走っている車ではないし、なによりこのあいだ耀が駐車していたのもあの立体駐車場の二階だったのだ。

毎週水曜日に駐車してあったのを見たという子供のメールアドレスはこの画像を自分の携帯に送るときに入手したし、目撃者であるふたりの自宅も確かめてある。

捜査の足掛かりは、きちんと押さえた。

「……」

寮の自室、ベッドに腰掛けた雪弥は眉間にかすかな皺を刻み、目を閉じる。

――……耀は連続通り魔事件に関わりがあるのか？

犯行のあった日時に決まって耀がこの街を訪れていたのだとしたら、それを偶然と片付けることはできない。刑事として検《あらた》めなければならない重要な情報だ。

そう頭ではわかっているのに、雪弥はなにもしないまま三日を過ごしてしまっていた。保高にもこのことは言っていない。

――耀を庇う必要が、どこにある？

自分を二度までも犯した男だ。信頼させておいて、裏切った。そんな人間なのだから通り魔事件の犯人だとしても、さして不思議はない。野放しにしておくのは危険だ。

――そうだ。この情報を秘匿《ひとく》しておいていいわけがない。

耀と事件の関係を洗おう。

そう決意したのと同時に、玄関のベルが鳴った。

「ああ、よかった。まだ起きてたな」

ドアを開けると、だらんとしたスウェット姿の保高が立っていた。

「どうしたんですか？　なか、どうぞ」

「いや、すぐ部屋に戻るからここでいい」

口元をいくぶん引き締めて、保高は続けた。

「今日、病院に行って廣田《ひろた》の様子を見てきた。容態は回復に向かっていて、医者の話だと来週には警察病院のほうに身柄を移せるだろうって話だ」

廣田とは、強盗傷害事件で指名手配になっていた男だ。雪弥と保高に追われて車道に飛び出して車に轢《ひ》かれた廣田は脾臓《ひぞう》破裂を起こしており、運ばれた一般病院で緊急手術が行われた。手術自体は成功したものの、術後も危険な状態が続いていたのだ。

なにか、背中に一本通されていた張り詰めた糸が緩んだような感覚が起こる。

「そうですか。よかった」

ふっと安堵の溜め息をつくと、保高が眉を上げた。

「なんだ。一応は気になってたのか」

「それは、まぁ…」

そう答えてから、自分の感情がけっこうまともに動いていることに気づく。

「あの、保高さん」

このタイミングに来てくれたのだ。連続通り魔事件に葛城耀が関係しているかもしれないことを告げようと思った。ここで告げてしまえば、あとは自然の流れで本格的な捜査が始まる。

「ん、なんだ？」

「…………」

口のなかが痛むほど乾いている。

舌が強張って、動かない。

「おい、瀬口？」

心臓がドクドクと脈打っている。

そして、気がつくと言っていた。

「――いえ、なんでもありません。すみません」

疲れてるんじゃないのか、早く寝ろ、と言い残して、保高は去っていった。ドアが硬い音をたてて閉まる。鍵をかける雪弥の指は震えていた。

――どうして、保高さんに言えなかったんだ？

自身の心の揺らぎに苛立ちと困惑を覚えながらベッドへと戻る。縁に腰を下ろして項垂れ、何度も顔を掌で擦る。

納得のいかない話だけれども、自分のなかには確かに、耀を容疑者にしたくない気持ちがある。それは幼馴染としての情の名残《なごり》なのだろうか？

けれど、このまま見なかったふりをできる問題ではない。

懊悩《おうのう》して、どれほどの時間が経ったころだったか。ベッドに投げ置いてあった携帯電話が鳴りだした。

ディスプレイには、『葛城耀』の文字。

耀の家に連れて行かれた日から半月が経つが、日に一度は携帯に電話がかかってくる。メールではなくて電話のみで、留守録にもメッセージは残さない。まるで、固く閉ざされたドアを根気よくノックするようなコンタクトの仕方だ。

——とりあえず、自力で探ってみるか……。

改めて考えてみると、再会してからというもの耀に一方的に押されるかたちで、彼の情報をろくに得ていなかった。雪弥は心を決めると、通話ボタンを押した。

『ようやく出てくれたね』

やわらかな喋り方だ。耀のなかが一体どうなっているかは不可解だが、とりあえずいまは品のいい状態の彼らしい。わずかに安堵を覚える。

とはいえ、耀の声を聞いたとたん抱かれた記憶がリアルに甦ってしまったのも事実で。身体の奥にチリと熱いものが生まれる。

「ずっと電話に出なくて、ごめん」

『いいよ。いつかは出てくれると信じてたから。それに、雪弥が怒るのは当然だ』

「……」

『酷いことをして、悪かったね』

心を痛めているような声が耳に忍びこんでくる。

『雪弥が好きすぎて、我慢できなかったんだ』

とっさに雪弥は掛け布団を握り締めた。忙しなく瞬きをする。今度は首筋にチリチリと熱が弾けた。

「……急だったから、驚いたけど——僕はこの十一年間の耀のことをなにも知らないままだし」

少し強引だろうかと思いながらも、雪弥は続けた。

「音信不通になってから、耀はどこでどうしてたんだ？」

『あの後、すぐにアメリカに行かされたんだ。大学も向こうだった』

元から目立つタイプだったけれども、洗練された華やかさが海外で身についたものだとすると納得がいく。

「そうだったんだ。大学を出てから、すぐこっちに？」

『いや。大学から院に進んで経済学のドクターを取った。帰国したのは、去年の秋だ』

「博士号を取ったってことか？」

『ああ。最近、欧米の政治家や経営者はドクターの肩書きを持つ人間が珍しくないんだ。どの分野でも、知識があって的確な先読みをできるプロが求められる時代に入ってる』

かなり意外な話だった。

雪弥の覚えている耀は、授業中、机に向かっているのも苦痛がるような少年だった。試験は直前の詰めこみで乗りきるといったありさまで、成績はいつも雪弥のほうが断然よかった。

「向こうのドクターなんて持ってると、やっぱり就職先は引く手あまたなのかな」

『どうかな。俺は帰国と同時に会社を任されたから、その辺はわからない』

「……会社を、って？」

ああ、言ってなかったね、と電話越しに笑って、耀は軽く言った。

『いまは、コンサルティング会社の社長をしてるんだ。父方の親族から任されてね』

――あの耀が、いまは社長か。

雪弥は改めて十一年という歳月について考えさせられた。

そして、思う。自分にとってのこの十一年は、なんだったのだろう？

耀がいなくなってから、雪弥は勉強に打ちこんだ。そして、第一志望の国立大学の建築学科に奨学金を得て入学した。雪弥はひとり暮らしを始め、それと同時に母親もまた家を手放してパトロンと暮らしはじめた。この九年で彼女と連絡を取ったのは数える程だ。

雪弥は大学を卒業して、警察学校に入った。

志望理由は、警察が寮のある共同体だったからだ。

ひとりで過ごすことに、疲れていた。けれども積極的に人と関わるほど心は動かなくて……。だから、強制的に共同体を組まされる警察が理想的な場所のように思われたのだった。

その時々、表層的には多忙だったけれども、振り返ってみれば、静かな、まるで停滞しているように静かな十一年間だった。

感傷というよりは空疎な気持ちを覚えながら、電話の向こうに尋ねる。

「そういえば、おじさんとおばさんのことも訊いてなかった。いまも、さぞかし仲がいいんだろうね。元気にしてるのか？」

ふいに沈黙が落ちた。

携帯電話の電波が悪くなったのだろうか。

「耀？」

呼びかけると、ああ、と声が返ってくる。そして、彼は低い声で滑らかに言った。

『両親は亡くなったんだ。事故でね。それで父方の伯父の家に養子に入って、跡取りとして会社を任されることになったわけだ』

今度は雪弥のほうが黙りこんでしまう。

『もう随分と昔の話だ。普段は忘れているぐらいにね』

その言葉には、逆に雪弥を慰めるような響きが籠められていた。

『でも、嬉しいよ』

「……え？」

『雪弥が、こんなふうに俺に興味を持ってくれてることが、嬉しい』

胸にざらりとしたものが拡がる。

自分は本当は、葛城耀が連続暴行の犯人なのではないかと疑っている。それで耀の情報を得るために、こんな会話をしたのだ。それなのに耀は嬉しいと言う。

耀は自分のことを裏切ったが、自分もまた耀を裏切っている。

重い気持ちに、雪弥は見えない相手へと自嘲の笑みを投げかける。

そして、呟いた。

「耀。君が酷い人間なのか、優しい人間なのか、わからなくなる……まるで、ふたりの君がいるみたいだ」

呟いてから、相手が答えようのないことを言ってしまったなと思う。

「ごめん、いまのは……」

雪弥の言葉に、やわらかく声が被さる。

『そろそろ、きちんと自己紹介しておかないといけなかったね。――コウ。白の横に告げると書いて、皓《こう》。それが俺の名前だ。葛城耀の、もうひとつの人格だよ』


携帯電話を切った雪弥は、なかば呆然としていた。

本当に、多重人格の可能性があるのだろうか？

そういう人格障害が存在するのは確かだが、それが自分に深く関わりのある人間に起こっているとは、どうしても考えづらかった。

雪弥が警察官になって五年になるが、派出所勤務のころからさまざまな人間に接してきた。アルコール依存に薬物中毒、ドメスティック・バイオレンス、精神疾患《しっかん》などをかかえた人。確かにそのなかには、調子のいいときと悪いときとで別人のようになる者も少なくなかった。けれども、別人格だと違う名前で自己紹介してきた人間はひとりもいなかった。

一時期、雪弥は精神疾患をかかえた住人の多い地区――大きな精神病院が複数ある地区には、患者が集まりがちだ――に勤務したことがあった。

その時分に、付け焼き刃ながらメンタルヘルス系の本を何冊か読んだ。

多重人格障害のことも書かれていた記憶がある。

――確か、子供のころに虐待されたのが原因で人格が乖離《かいり》することが多いんだったな。

とても耐えられない経験に晒されるとき、自我を守り逃がすために、もうひとつの自我が生み出される。

ケースによっては、主人格は裏の人格の存在を知らず、裏の人格のほうは主人格の行動を把握しているということもあるらしい。

――耀が本来の人格であるのは確かだ。そうすると、耀がなにか凄《すご》くつらい目にあって、その時に皓という裏の人格が生まれた、ということか？

改めて思い起こしてみる。

先日、耀は雪弥を自宅に連れてきたことを覚えていなかった。記憶が飛ぶ、自分でも説明できない、と言っていた。

要するに、主人格の耀は皓のときの記憶がないということだ。

そして、対応や言葉遣い、雰囲気のチグハグさ。

それらのことを多重人格障害に当て嵌めて考えると、辻褄《つじつま》は合う。

とはいえ、やはりすんなり受け入れるのには、多重人格という現象はあまりに突飛すぎた。

……大体、人格が乖離してしまうほどのどんなつらい経験を、耀はしたというのだろう？

それは想像したくもないことだった。

心臓が痛みに包まれる。

——なんで僕が、ここで痛みを感じるんだ？

自分を裏切り犯した相手のことで心を痛めるなど、おかしな話だ。ひとしきり訝しんでから、雪弥は思い出す。

長いこと感情が凍眠していたから、すっかり忘れていた。

頭で考える理屈と自然に湧き上がってくる感情とは必ずしも一致せず、むしろあべこべな反応を示すことも多いのだということを。


日曜日の午後七時。雪弥は耀——正確には皓、だが——から指定された、青山の一画にひっそりと佇む建物へと格子戸《こうしど》をからりと開けて入っていった。

フランス料理を和風にアレンジした創作料理の店だと聞いていたが、建物はそのまま京都の町屋造りだ。砂利の敷かれた通路に立って天井を見上げれば、火袋《ひぶくろ》と呼ばれる吹き抜けが気持ちよく広がっている。大学時代、建築を学んでいたこともあって、つい細々《こまごま》したところに見入ってしまう。

着物姿の店員に名前を告げると三十代前半のラフなスーツ姿のオーナーが出てきて、直々に個室へと案内してくれた。ゆかしい箱階段を昇って二階奥の六畳の座敷に通される。

どうやら耀はオーナーに、雪弥が親しい友人であるとでも伝えていたらしい。彼は人好きのする笑顔で名刺を渡してきながら、この店のほかに三店舗、都内でレストランを経営しているのだと言った。

「葛城くんとは、私がまだ会社員だったころMBAを取りにアメリカの大学に行ったときに知り合ったんです。店をオープンするにあたってコンセプトや経営について葛城くんに全面的に相談させてもらいました。社長業で忙しいようですが、彼個人のコンサルテーション能力も実に素晴らしいですね」

十五分ほど遅れて、耀はやってきた——そう、座敷に入ってきたのは皓ではなく、耀だった。しっとりとした光沢を放つ桜材の卓についている雪弥を見て、彼はなんとも言えない表情をした。

「どうして、また突然、雪弥がいるんだ？」

動揺を押し隠しながら雪弥は答えた。

「……それは、僕が会いたいと言ったからだ」

スーツ姿の耀はネクタイを緩めながら雪弥の正面の席で胡坐《あぐら》をかき、訝しむ顔をする。

「誰に言ったんだ？　俺の秘書にか？　今日になって突然、ここで七時から重要な接待があると言われたんだが」

おそらく皓が根回ししたのだろう。

それにしても、確かにふたりきりになれるところで会いたいと申し出たのは雪弥のほうだったが、あくまで皓相手のつもりでいた。

連続通り魔事件と耀の関係について訊くための接触だ。

多重人格という対処の難しそうな相手にひとりで接触するのは得策とは言えないだろう。けれども、葛城耀が犯人である可能性があることを、どうしても警察関係の人間に打ち明ける気になれなかった。

舟形の和食器に盛られた魚介類やキノコのオードブルが運ばれてくる。

「『誰か』はご丁寧に俺の好きなコースまでオーダーしておいてくれたらしいな」

耀は不愉快げにそう呟くと、料理を運んできた和服姿の女性に、料理を一度に運ぶようにと告げた。そして熱燗《あつかん》を二本頼む。

女性店員が出て行くと、茶褐色の瞳がまっすぐ雪弥を見据えてきた。

「しかし、雪弥のほうから会いたがってくれるなんて驚きだな。二度と俺の顔を見たくないかと思った。こないだ、起きたら綺麗にいなくなってたしな」

色めいた記憶を刺激する視線と言葉。

正座をした雪弥の尾骶骨《びていこつ》から首筋までの骨の連なりをチリチリとした熱さが走り抜けた。

置き行灯《あんどん》の編み上げられた竹から漏れる光が、部屋に繊細な光の紋様《もんよう》を描いている。そのやわらかな黒と橙色の交差に、なにか淫靡な気持ちを掻き立てられる……雪弥は知らず睫を伏せていた。そのまま正面の男を見ないで告げる。

「僕は、耀に訊きたいことがある。だから、こうして場を作ってもらった」

昨晩の電話の際、もう回りくどい、騙し討ちをするような探り方はやめようと思った。正面から話し合って、もし連続暴行犯が耀だというのなら、自首を勧めるつもりだ。それが幼馴染としてのせめてもの誠実なあり方のように思われた。

雪弥はジャケットのポケットから自分の携帯電話を取り出した。画像を呼び出して、それを卓上に置く。

シルバーのキャデラックXLR。

「これは、三週間前の水曜日の夜に、うちの管内のパーキング……君が僕を自宅に連れていったときに使っていたのと同じパーキングで撮られたものだ。毎週水曜の夜に駐めてあったという目撃情報がある」

雪弥は耀の顔を見た。

締まりのある唇の右端がヒクリとわずかに上がる。

「耀も知ってると思うけど、『袋男事件』は毎週水曜日に起こってた」

和室の空気は、静電気でも起きそうなほどピリピリしている。そんななか、襖《ふすま》がすらりと開いて料理と熱燗が運ばれてきた。

「もう少ししましたら隣の座敷にお客様が入りますので、少々賑やかになるかもしれませんが……」

女性店員が料理を並べながら言う。

「ああ、構わない。あとはここは放っておいてくれ」

襖が閉められ、ふたたび密室になる。一旦散りかけた緊迫感はすぐにまた肌をピリつかせるまでに昂まる。

「なるほど。雪弥は俺が『袋男』かもしれないと疑ってるわけだ。だから自分を二度もレイプした憎い男とまた会うことにしたってわけだ。それとも、なにか？　あの日、俺の家に来てたのも、端《はな》から捜査目的だったのか？　だとしたら、ヤられ損だったな」

「それは違う！」

「じゃあ、なんで俺の家なんかに来たんだ？　記憶のないときの俺が、縛り上げて無理やり拉《ら》致《ち》でもしたのか？」

「……そうじゃない」

自分はたぶん、反発しながらも、わずかに期待したのだ。

優しくされて、もしかするとまた耀と親しい関係を結びなおせるのではないかと、小さな希望をいだいた。

好きだと言われて、キスをされて、どうしても嫌だとは思えなかった。

「でも、今日は仕事をしに来たんだろう？」

投げつけられる声の苦みに、息が苦しくなってくる。

「仕事のためなら暴行犯かもしれない男とデートをするわけだ」

「耀、やめてくれ」

苛む言葉がやむ。耀は立ち上がると、深く俯いている雪弥の横に膝をついた。雪弥の髪を指先で撫で、下心の滲む声で囁いてくる。

「いいよ、雪弥。仕事をさせてやる」

弱った眼を、雪弥は上げた。

次の瞬間されたキスを避けることはできなかった。一瞬だけ強く触れて、離れる。

「ここで俺を満足させられたら、本当のことを教えてやろう」

耀が勢いよくテーブルの表面を腕で薙《な》ぐと、鈍い音をたてて幾枚もの皿が畳へと落ちていく。美しく盛られた料理が、無残にぶちまけられた。耀によって毟り取られた雪弥のジャケットが、そのうえへと投げ捨てられる。

押し倒されて、腰からずるりとスラックスを下ろされる。それを引き上げようとする雪弥と下ろそうとする男の力が拮抗《きっこう》して、布が破れる音がたつ。

「嫌だっ！　耀……………ん」

雪弥の口が強い掌に塞がれる。

「静かにしろ。隣に客が来た」

低い声に叱られて、雪弥は動きを止めた。

耀の言うとおりだった。襖で仕切られた隣の部屋に客が入ったらしい。声の感じからして、雪弥たちと変わらない年の男女のグループのようだった。賑やかなざわめきが襖越しに迫ってくる。

「こんな格好、人に見られたくないだろ？」

宥めるような脅しの言葉とともに、雪弥の口から手が外された。

破れたスラックスと下着が足首まで下ろされる。耀は身体を起こすと、雪弥の脇の下に手を差しこんだ。座卓へと引きずり上げられ、腰掛けさせられる。

耀は雪弥の前に両膝をついて座ると、剝き出しの膝を摑んできた。ゆっくりと、開かされる。

雪弥はとっさに灰色のセーターの裾を両手で引っ張って性器を隠した。

「往生際が悪いな」

そう言う耀の表情はむしろ愉しんでいるふうだ。

獣性にぬるりと潤んだ瞳が上目遣いに威圧してくる。

「人の秘密を知りたかったら、それだけの代価を払え」

膝小僧の骨のかたちを探られる。

「隠しておきたい場所を、俺に曝《さら》け出してみせろ」

弱く首を横に振りながら、自分の呼吸がまるで喘ぐように乱れていることに雪弥は気づく。

頬が燃えるように熱い……自分が猥《みだ》りがましい顔をしているのではないかと、怖くなる。

「それとも、無理やり暴いてやろうか？　暴いて、そのままここで犯すのもいいな」

下手に抵抗すると、本当にやりかねないと思う。

雪弥は震える手をセーターの裾から剝がした。鳩尾《みぞおち》のあたりでグッと両の拳を握る。

まだ辛うじて性器は隠れているが、緊張のあまり色づいた腿の内側に汗が浮かびだす。

「それじゃあ見えない。自分でセーターを持ち上げろ」

唇を噛んで、ぎくしゃくとした動きでセーターを捲り上げる。

萎縮した性器が、その根元の薄めの草叢が、露わになった。

「もっと、胸のうえまで」

女ではないのだから胸など見られても恥ずかしくないはずなのに、いざ自分の手でセーターをたくし上げると、疼くような羞恥を覚える。胸ではツンと小さな粒が硬くなっていた。

耀は人差し指だけをやわらかな雪弥の茎に絡ませてきた。ぷるんぷるんと弄ばれる。

刺激に慣れていないそれは、そんな嘲《あざけ》るような戯《たわむ》れにも過敏に反応してしまう。

硬い芯がそこに生まれ、薄皮が自然に押し下がってつややかな薄紅色の先端が大きく顔を出す。その過程を、すぐ近くで耀に観察される。

快楽というよりは恥ずかしさのために、雪弥は性器の頂に刻まれた割れ目から透明な液を零した。

「こんな簡単に勃起して、いじり甲斐がないな」

「も、う……いいだろ……」

これ以上のことをされたら、声を出さないでいる自信がなかった。隣の部屋からは絶え間なく、話し声や笑い声が聞こえてくる。

自分があり得ないほど非常識なことをしているのを自覚させられる。

非常識なのに――あるいはだからこそ、ふしだらな熱に身を焼かれている。

「なにを言ってるんだ？　俺は全然、満足させてもらってない。自分だけ気持ちよくなってる罰だ」

「え……っあ」

耀は熱燗の銚子を握ると、それを雪弥の下腹のうえで逆さまにした。いくらぬるくなっているとはいえ、揮発性の高い日本酒をだくだくと性器にかけられて、雪弥は腰を引き攣らせた。

「……や、だ——ぁあ！」

敏感な先端が温かな酒に塗れて、痛々しい赤に染まっていく。

性器をくるみこんだ熱に、雪弥は知らず、薄い腰を淫らにくねらせる。

「声が大きい」

指摘される。実際、声は隣の部屋に漏れてしまったのかもしれない。

隣の部屋がふいにシンとなった。

——もしいま、この襖が開かれたら……。

雪弥は追い詰められる気持ちに、目を固く閉ざした。そして、セーターを握り締めたままの両手を口元に持っていく。ズキズキしている器官を激しく擦りたてられて、悲鳴を上げそうになる。口にやわらかなセーターを押しこむ……すでに、自分がどれほどの痴態を晒しているかも頭から吹き飛んでいた。

「イきそうか？」

尋ねられて、小刻みに首を縦に振るとしかし、ふいに刺激がやむ。

濡れそぼった睫を上げて、雪弥は思わず非難する視線を耀に投げかける。

射精してはいけない状況だと頭ではわかっているけれども、限界だった。この下腹でドロドロに滾《たぎ》っている熱を爆《は》ぜさせずにはいられない。

「雪弥、俺に抱きついて」

耀がとろりとした眼差しで見詰めてくる。

快楽への期待と、なにか甘みを孕んだ感情に衝き動かされて、雪弥は言葉に従った。セーターを口に含んだまま、両腕を耀の首に回す。

彼に抱きついたとき、安堵めいた温かさが胸に拡がった。耀の香りに包まれて、欲情が乗算される。

そっとスーツの腕が雪弥の腰に絡む。

その腕に力が籠もって、雪弥の身体はふわりと畳へと連れ去られる。

ぎりぎりの欲情を身の内に滾らせながらも、ずっとこうしていたいようなけだるい心地よさに囚われる。

けれども、耀は雪弥の腰から腕をほどいた――そして、自身のスラックスの前を開く。

「耀、挿《い》れるのは……」

「ああ、わかってる。挿れると、雪弥はけっこう大きな声を出すからな」

少し意地の悪い笑み。

「……っ、え？」

「腿、もっときつく閉じろ。そう――いいよ…雪弥の肌、気持ちいい」

仰向けの雪弥の身体を覆い隠すように耀の身体が乗っている。そして、性交のリズムでふたりの身体が揺れだす。

クチュ、クチュと濡れた音が響く。

腿のあいだが摩擦《まさつ》で熱い。男の溢れさせる蜜で、ぐちゅぐちゅに濡れていく。

雪弥はまるで犯されているかのように呼吸を跳ねさせながら、身を捩り、頬をひんやりした畳に擦りつけた。

身体は繋げていないけれども、この行為はとても恥ずかしい。

火照った内腿の肌に、耀の雄の形状をはっきりと教えられていた。長く逞しい幹、その幹に浮かぶ怒張の筋、大きく張った先端。

「雪弥――ゆきや」

頬に熱い唇を押しつけられる。

こうしていると、互いに望んでしている行為のようにすら思えてきてしまう。

雪弥は自分の両脇につかれている男のスーツの腕に摑まった。指を布地にクッと食いこませる。

力を籠めている腿が痺れはじめる。

「……っ……あ」

擦りつけられているペニスが腿のあいだに入ってくる角度を変えた。脚の奥の溝にぶつかってくる。自身の性器を耀のスーツの腹部に擦られるのと相俟《あいま》って、雪弥はもどかしく追い詰められていく。涙で歪む視界、竹編みの行灯に照らし出されたふたりの影を壁に見る。ひとつに溶けて、揺れている影。

――たい……。

訳がわからなくなりながら、雪弥は耀の腕をきつくきつく握り締めた。

――挿れられ……たい……。

願ってしまってから、信じられない気持ちになる。

耀の動きが忙しなくなってくる。もうすぐ、果てるのだろう。

雪弥も膨れ上がる快楽に、肩をきつく竦めた。

このまま終わると思ったその時、ふいに耀が雪弥の口に掌を押し当ててきた。そしてもう片方の手で雪弥の脚を乱暴に押し開く。

「悪い。ほんの少しだけだ」

その言葉とほぼ同時に、欲しがってヒクついていた粘膜に性器を突き刺された。

雪弥は瞠目《どうもく》し、喉を仰け反らせた。

痛みとともに、激しい痺れが下腹部で火花を散らす。

雪弥の性器から白い蜜が小刻みに散っていく。

痙攣する内壁に先端だけ埋めこみ、耀がひどく色めいた呻き声を漏らした……。

# 4

太陽にかかっていた雲が風に吹き飛ばされた。

二階の教室の窓辺に木漏れ日がさあっと降りそそぐ。雨に打たれるみたいにその光の粒を身に浴びながら、雪弥は十六歳の半端に頼りない身体を制服に押し包んで佇んでいた。

そうして、一心に校庭へと視線を向けている。

昼休みの校庭には、時間を惜しんで制服姿のままサッカーをしている一群がいる。

そのなかでも一際目立つ、のびやかな長身を乱暴なほど動かしているのが幼馴染の耀だ。

家庭環境のせいか、生まれもっての気質のせいか、大人数で和気藹々《わきあいあい》と愉しむことが苦手な雪弥の目には、耀の姿はことさら輝いて見えた。

雪弥の唇には知らず知らずのうちに淡く笑みが浮かぶ。

――耀と同じ高校に来られて、よかった……。

いま雪弥が着ている制服は、袖と襟のところにラインの入った上品な色合いの茶色のブレザーに、グレンチェックのズボンというものだ。臙脂《えんじ》のタイには校章が金糸で縫いこまれている。

生徒に良家の子女が多いので有名な私立高校の制服だ。

この制服を着ていると街でも一目置かれると鼻を高くする生徒は多いのだけれど、雪弥は正直、自分が袖を通すのは分不相応だと感じて萎縮してしまう。

中学までは公立に通っていたし、高校も本当は学費の安い都立にするつもりだったのだ。雪弥の家は初めから父親のいない母子家庭で、母親はホステスをしている。水商売は昼の仕事よりも実入りがいいはずだが、母親がブランド品を際限なく買い漁るから、基本的に家に金はなかった。幼いころから雪弥の小さな胃袋すら、いっぱいにしてもらえることは滅多になかった。

母親にはホステスのほかにも収入源がある。

愛人として金品を貢がれる、というものだ。

彼女は日本人形のような美人だから、次から次に男が現れ、とても羽振りのいい男に囲われることもあった。いま住んでいる家などは、雪弥が小学二年生のときに母親のパトロンが気前よく買い与えたものだった。そのパトロンは脂ぎった五十代なかばの妻帯者で、雪弥は彼に嫌悪感を持っていたけれども、それでもいまの家に引っ越せたことで、結果的に雪弥はかなり救われた。

前の狭いアパートでは丸聞こえだった母親と男の情事の音や声は、まったくとは言わないまでも、布団に潜って耳を塞げばほぼ聞こえなくなった。

それに、なによりも、隣の家族が素晴らしかった。

耀と耀の両親は雪弥に居場所と食事を与えてくれた。

温かな手料理でお腹がいっぱいになるというのを初めて経験した。

自分の手を引っ張ってくれる友達ができた。

この八年間、彼らからいっぱいの普通の幸せを分けてもらった。

でも、その普通の幸せをなくしたくなかったから、雪弥は縋りすぎないように注意した。いい気になって求めすぎたら、うざったがられたり嫌がられたりするに違いないと思ったからだ。だから、いくら耀に泊まれと言われても、九時には真っ暗な自分の家に帰った。

毎朝、耀と一緒に学校に行けること。夕食時には温かな家族の横に少しだけ置いてもらえること。それらを壊さないように、大事に大事にしていた。

けれども、高校進学にあたって、その大事にしてきたものが遠ざかりそうになった。

耀が、父親の出身校である私立高校に進むと言いだしたのだ。そこはべらぼうに学費が高い。

雪弥は、高校はできるだけ最低限の学費のところに進もうと思っていた。そして、アルバイトをして、母親のパトロンに養われるという後ろ暗い生活から少しでも抜け出そうと考えていた。そうやって汚いものを切り離して、隣の家の住人たちに一歩でも半歩でも近づきたかった。

……結局、雪弥は潔癖であろうとする心を折り、耀と一分でも多く過ごせる道を選んだ。もし同じ学校に通わなくなったら、耀と一緒に登校できなくなるのはもちろんのこと、夕食時に隣家を訪ねるのも気が引けるようになるに違いない。それが、怖かったのだ。

学費を出してもらうために、母親のパトロンに米搗《こめつ》きバッタみたいに頭を下げた。

そうして手に入れた高校生活だからこそ、雪弥にとってこうして昼休みに耀を眺めていられる一分一秒も貴重だった。

と、犬みたいにサッカーボールを追っていた耀が、ふいに集団から抜けた。すらりと長い脚で大きくゆったりと駆ける。

その先には、ひとりの少女が立っていた。耀と同じクラスの子だ。

ふたりは仲良く手を繋いで、よりによって雪弥が顔を出している二階の窓の真下に来た。欅《けやき》の木の下でなにかをボソボソと喋り合い――――キスをした。

それは、本当に心臓が爆発したのではないかと思うような激しい痛みだった。

体温が一気に下がる感覚。凍えたみたいに歯がカチカチと鳴っている。

雪弥は木漏れ日に煌めく窓辺から身体をもぎ離した。

耀には何人も彼女がいる。四股五股かけていることを、昨日ホテルに行ったというようなことまで、耀は雪弥に笑いながら喋る。それを友達顔で聞きながら、いつも心臓を無数の針で刺されるような心地を味わってきたけれども、いまのこの激痛はその比ではなかった。

目の奥で、鼻の奥で、喉の奥で、身体のあちこちで熱が爆発して……。


細くすすり泣くような声が聞こえる。

肩をそっと揺らされる。

「――雪弥、大丈夫か？　雪弥」

涙の溜まった目をハッと開ける。

「怖い夢でも見てたんだね。魘《うな》されてた」

横倒しに身体を丸めている雪弥の肩から頬へと、ゆっくりと温かな掌が肌を埋めるように辿る。

「……夢」

そう、夢だ。夢でありながら、十一年前に本当にあった昼の一コマ。身体のあちこちでは、肉や骨が内側から弾け散りそうな爆発がまだ続いている。

そして、その爆発の火種となった男は、ベッドに腰掛けて、まるで愛《いと》おしむように自分を見下ろしている。彼のことを殴りたいのか抱きつきたいのか、わからない。わかったところで、後ろ手に縛られているからどちらもできなかったのだけれども。

「ここは――」

「俺のマンションだ」

言われてみれば、天井のダウンライトやダブルベッドに見覚えがある。

――確か、青山の店にいて……。

襖一枚隔ててほかの客がいる場所でした危険で卑猥なことを思い出して、雪弥は目の縁を染める。

行為のあと、雪弥が朦朧としたまま、破れ、汚れた衣類を身につけているあいだに、耀は部屋を出て行き、コーヒーを自分で運んできた。そのコーヒーを飲まされて以降の記憶はない。おそらく、睡眠薬かなにかが溶かされていたのだろう。

「水を飲んで気を落ち着けるといい」

ナイトテーブルに置かれた氷の浮かぶ水差しから細身のグラスに水が注がれる。カラカラと氷がぶつかり合う音に、口のなかの乾きを自覚させられる。

サイズの大きい白いパジャマの背中を支えられて上体を起こし、冷ややかな水を口に含む。体内で燻《くすぶ》っていた爆発の残り火がジュと音をたてて鎮火されていく。

そうして冷静になって、横にいる男が耀ではなくて皓のほうだということに雪弥は気づく。少し注意して見れば、眼差しひとつ、耀とは色合いが違う。

確かに、葛城耀には皓という別の人格が存在するのだ。

「僕は、君と……皓と会うつもりで店に行ったんだ」

皓だと思うと、自然と肩の力が抜ける。考えてみれば、皓こそが二度までも雪弥の身体を耀に与えた張本人なのだからリラックスするのはおかしな話なのだが、彼の品のよさや優しい雰囲気に接していると憤りをぶつける気持ちになれなくなってしまうらしい。

「それは悪かったね。でも、耀がとても会いたがってたんだ」

「……耀は君の存在を知らないけど、君は耀のことを把握してるってことか？」

「そうだよ」

「それなら、答えてくれ」

皓の腕から身を離し、雪弥は背筋を伸ばして正面から男をひたと見据えた。

「耀は、連続通り魔事件の犯人なのか？」

「……」

「僕はあの店で耀の要求に応じた。真実を知る権利がある――耀が、五人もの人間の腕を捻じ折った犯人なのか？」

皓の顔は険しく強張っていた。

視線がぶつかったまま、沈黙が落ちる。皓の眉間に刻まれた皺が深くなる。

そして、彼は答えた。

「そうだ。あの事件の犯人は、耀だ」

予測していた答えではあった。けれども、やはり衝撃は大きくて、雪弥は大きく胸を震わせた。

皓の目に、苦しげな色が満ちる。

「耀は、水曜日の夜になるとあの街に行った。そして、ターゲットを見つけては背後から袋を被せて、腕を折った。その度に、俺が人格交代して逃げた」

「……どうして、そんなことを……」

「どうしてって、本当にわからないのかい？　耀は、雪弥がいる警察署のエリアまでわざわざ行って、犯行に及んでいたんだよ」

「…………」

――まさか。

後ろ手に縛られた手を、雪弥はきつく握り締めた。

皓の、憐《あわ》れむような表情。

「まさか、僕に？」

荒れはじめた胸に、声が掠れた。

「僕に、逮捕されるため、か？」

その問いを、皓は否定してくれなかった。

「去年の秋に帰国してから、耀はすぐに雪弥の仕事先を調べた。そして雪弥の姿を見に、毎週水曜日、あの街に通うようになったんだ。十一年前に酷いことをした罪悪感から、絶対に声はかけまいと強く誓っていたよ」

雪弥は呆然として皓を見詰めていた。

「でも、雪弥を遠目に見るごと、耀のなかには雪弥と話したい……自分を見てほしい、自分のものにしたいという欲求が募っていって、心の亀裂が拡がっていった。そして十二月に入って、雪弥に見つけてもらえる方法を思いついた。自分から声をかけなくても、雪弥が自分を見つけてくれる方法を」

犯罪者として、刑事の雪弥に捕まるという方法。

「滅茶苦茶だ、そんなの……」

「それほどまでに君を求めてた」

「……」

「あのままでは、耀は確実に破滅すると思った。だから俺が雪弥に近づいた。そして、飢え果てた耀に雪弥を与えた……その結果、耀は暴行をやめた」

雪弥はなかば混乱したまま呻いた。

「そんなやり方でなくて、もっとなにか、まともな方法があったはずだ」

「雪弥ならもしかすると耀を許してくれたかもしれないね。でも、まともに君に向き合うのには——耀は壊れすぎていた」

「——壊れすぎて……」

「耀を修復できるのは、君だけなんだよ」

皓に深く瞳を覗きこまれる。

「耀のものになってやってくれ。君が完全に耀のものになるまで、ここから一歩も出さないよ」

優しい声で宣告された。


背の高いフロアランプだけが光源となっている。広すぎるリビングの隅はなかば闇に消えていた。部屋の宙をたゆたう紫煙。

「……なるほど。その『誰か』が、雪弥をここに連れ帰って、俺が通り魔事件の犯人だと教えたわけだ」

つややかな臙脂色の革張りソファの背凭れに深く身体を預けた耀が低い声で言う。ネクタイを外し胸元を軽く開けた白いワイシャツにスラックスというなんでもない姿なのだが、気だるい感じが妙に色めいている。

雪弥は耀の向かいのアームチェアで、膝をもじりと内側に倒した。その女々しい仕草に、耀の口角が片方だけ上がる。

「本当のことを教えてくれる約束だったから、問題はないだろう」

せめても表情だけは冷静を装って答える。

「そうだな」

耀は小首を傾げるようにして煙草《たばこ》に口をつけた。煙草の先端が赤く染まる。男の視線がゆっくりと雪弥のうえを行き来する。エアコンで部屋は暖められているけれども、鳥肌が立ってしまう。

……雪弥は相変わらず、後ろ手に縛られたままだった。そして、座っているソファの足元には白い布がぐしゃりと投げ置かれている。さっきまで雪弥が身につけていたパジャマの残骸《ざんがい》だ。それを切り裂いた鋏《はさみ》は、ふたりのあいだにあるガラスのテーブルのうえに置かれている。

雪弥は身を隠すものがなにひとつない状態で、耀と対面しているのだった。性的な視線を浴びせかけられて、肌の下がたまらなくむず痒い。

それでも雪弥は刑事としての義務に気持ちを奮い立たせる。

耀が通り魔事件の犯人であることが確定してしまった以上、見て見ぬふりはできない。真摯《しんし》な眼差しを葛城耀に向ける。

「自首するつもりはないのか？」

耀が肩を震わせた。声もなく笑っている。

「笑いごとじゃないだろう」

咎《とが》めると、彼はすいとソファから立ち上がった。咥え煙草で、雪弥の前に立つ。

軽く屈んで雪弥の右足首を摑むと、耀はそれを宙へと高く吊り上げた。雪弥の背がずるっとソファに沈む。

「っ、放せっ」

脚のあいだを晒させられて、雪弥はもう片方の脚で耀を蹴ろうとした。すると今度は、蹴ろうとした脚も捕らわれる。

脚をV字に開かされた。

「耀、僕はいま真剣な話を……」

秘部を検分するように眺められる。そして、ソファの肘掛けへと左右の膝裏を載せられた。

耀が咥えていた煙草を口から抜き、雪弥の唇に差しこんでくる。普段、煙草を吸わない雪弥は思わず噎せそうになった。

「ちゃんと咥えてないと危ないぞ」

脅されて、歯を煙草に食いこませる。

煙草を咥えさせられている雪弥の唇を、伸ばされた耀の舌が舐め上げる。上唇を舌先で捲られる卑猥な感触。

口の端に唇を押しつけてから、耀が尋ねてくる。

「『誰か』っていうのは、俺のなかにいるんだろう？」

雪弥は間近にある茶褐色の瞳を見た。

「前から記憶が飛ぶことはあったが、ここ数ヶ月、目を閉じて開いたら半日経ってたりするんだ。そして俺の記憶にはなくても、仕事やいろいろなことが滞りなく行われてる。今日も、店で雪弥を抱き終わったところから記憶がない。それは要するに、俺の身体を乗っ取ってる奴がいるってことだ」

皓のときの記憶はないものの、耀も別人格の存在には感づいていたのだ。

「雪弥はそいつに何度も会ってるんだな？」

隠し立てする話ではない。雪弥は頷いた。

「……そいつは、お前に優しいのか？」

今度は小さめに頷く。

その答えが気に食わなかったらしく、耀が口角を歪め、淫らに開いている腿の内側を掌で撫でまわしはじめる。

「そいつもお前にこんなことをするのか？」

「んっ」

肌に爪を立てられる。引っ搔かれる。ぶるっと雪弥の脚が震えた。

「そいつのことが好きだから、何度ものこのこと俺の家に来たりするわけだ？」

「う……う」

煙草を咥えたまま、雪弥は首を横に振った。煙草の先端の灰がいまにも落ちそうだったから、かすかな動きだ。

耀のくっきりした二重の目が苦々しく眇められる。

突然、乱暴に双丘の狭間を指で探られて、雪弥は目を見開いた。

「雪弥は、俺の——俺だけのものだ」

荒い語気。言葉とともに、雪弥のなかにずぶりと長い指が捻じこまれた。

「ふ……っ、っ」

節の高い指がなかでのたくっては、ずるずると出入りする。

粘膜が激しくざわついて、ねっとりと耀の指に絡みつく。

ぐりぐりと腹側の内壁を指先で抉られて、雪弥は肘掛けに載せられた脚に力を籠めた。唾液塗れになった煙草を食い千切りそうになる。ようやく、煙草が口から抜かれた。

「こんなに涎《よだれ》、垂らして」

意地の悪い声。意地の悪い指。意地の悪い眼差し。

快楽に蝕《むしば》まれながら、昔、耀にされた意地悪を雪弥は思い出す。

小学生のころ、雪弥は耀に連れられて、夜のビルの工事現場やお化け屋敷と呼ばれていた近所の廃屋に探検に行かされることがよくあった。正直、雪弥はそういう遊びは怖くて苦手だった。

探検のクライマックスは決まっている。

工事現場の足場の悪いところや、お化け屋敷のねずみが走りまわる部屋で、耀は突然、懐中電灯を切って暗闇のなかに雪弥を置き去りにするのだ。

身体も気も小さい雪弥は、その場でへっぴり腰になって動けなくなる。

普段は耀にうざったがられないように、迷惑をかけないようにと、弱音を吐かない雪弥だったが、さすがにそういう時ばかりは悲鳴にも似た泣き声をあげた。

『耀……耀！　どこ？　やだよ、怖いよぉっ』

そうして、四つん這いになって必死であたりを手探りする。工事現場の釘で手を傷つけたり、ねずみを摑んでしまったりして、もう途中からは涙で顔がぐしゃぐしゃになる。

耀はたぶん、いつも近くにいたのだ。

恐怖心が限界に達する一歩手前で、雪弥の顔にパッと光が当てられる。懐中電灯の眩しすぎる光。

パンパンに張り詰めていた気持ちが一気に緩む。

みっともない顔を見られるのが、とても恥ずかしい。

手で顔を隠そうとすると、両手首を耀の片手で握られてしまう。

『や、だ……見ないでよっ』

『なに、雪弥？　こんなので泣いてんの？』

雪弥の顔をじろじろと眺めながら、耀が意地悪く言う。

耀に対する腹立たしさと、耀にだらしないと嫌われたらどうしようという気持ちが、ぐちゃぐちゃに入り混じる。

『……ううっ』

耳や頬を真っ赤にして、雪弥はまた涙を零してしまう。

そうすると、耀が今度はすごく優しい手つきで涙塗れの顔を撫でてくれる。

『俺が守ってやるから、もう大丈夫だってば。なんにも怖くないだろ？』

……その瞬間の、身も心もとろとろになって耀に崩れていく感覚。いま、耀に指一本で翻弄されながら、雪弥はそれと酷似したものを味わっていた。

息を乱している唇を、啄ばまれる。

何度も啄ばまれる。

そして、額に額が擦りつけられる。

涙が膜を張って潤む視界のなか、耀の瞳もまた熱に浮かされたように濡れている。

「予定外の展開だが、こうなったからには、俺はもう捕まるわけにはいかない」

苦しくてたまらない者の声で、耀が呟く。

「俺は壊れてる。雪弥を傷つけずにはいられない。傷つけないように、もう接触しないつもりでいたのにな……」

耀のマンションに監禁されてから、十日が経つ。

雪弥はずっと裸で過ごすことを強いられていた。

左足首には、黒い鉄の足枷《あしかせ》。それにつけられた鎖は十メートルほど長々とうねり、端はベッドヘッドの分厚い木の格子に留められている。サニタリールームはベッドルーム奥のドアからも入ることができる造りなので、拘束されたままでも不便はなかった。

ベッドの横には、単身者用の小さな冷蔵庫が耀によって運び入れられた。なかには、飲み物が水からアルコールまで揃えられていて、チーズやスライスされたハムなども入っている。

壁際のキャビネットのうえにはポットが置かれ、コーヒー、紅茶、ココア、日本茶が好きに飲めるようになっている。簡単に摘まめるようにクラッカーや数種類のパンも用意され、銀の編み籠には蜜柑《みかん》やバナナといった刃物を使わずに食べられる果物が積まれている。

新聞や雑誌、耀の蔵書らしいハードカバーの本、映画のＤＶＤがラックに並ぶ。

壁にはやたらと大きい薄型テレビがかけられていた。

雪弥はだるい身体をベッドから起こした。

ぼんやりと壁掛け時計を見る。十時五分。いつもならとっくに出勤している時間だ。

——……保高さん、心配してるだろうな。

耀の話によると、警察署のほうには雪弥は急病で緊急入院したと報告してあるのだそうだ。

耀の親族が懇意にしているという大学病院の院長を巻きこんでの虚言だから、誰も疑ったりはしないだろう。要するに、雪弥をここから救出してくれる人間が現れることはないというわけだ。

いつ終わるとも知れない、囚われの生活。

サニタリールームで顔を洗って少しでも気分をすっきりさせようと、雪弥は毛布から身体を抜いた。いままで自室でも裸で過ごしたことなどないから、誰にも見られていなくても、いたたまれない気持ちになる。

フローリングの床に足の裏をつけて、立ち上がる。

ジャラジャラと鎖を鳴らしながら数歩歩いたところで雪弥は立ち止まった。

「あ……」

ヒクッと睫が震える。情けないおももちで俯き、自分の脚を見る。

腿の内側をねっとりと白い粘液が伝い落ちていく。

二十分ほど前に、耀が雪弥の身体の奥深くに放ったものだ。彼はすでに出勤のためにスーツを着こんでいて、スラックスの前だけ開いてバックスタイルで忙しなく行為をした。

「……っ」

この十日間で、耀は雪弥を数えきれない回数、貪った。一晩に何度も迎え入れさせられた。

「嫌だ」「やめろ」。それらの言葉が喘ぎ程度の意味しかないことを……それどころか、男の嗜虐心《しぎゃくしん》を煽るぶん、かえって逆効果であることを教えこまされた。

そして、快楽を植えつけられた。

耀と再会するまで性的なことから遠ざかっていた身体は、まるで乾涸《ひから》びた土が雨を含むように、快楽に貪欲だった。そんな自分を見せつけられるとき、雪弥はふと、とても嫌なことを思う。

自分は、やはりあの淫乱な母親の血を受け継いでいるのだ。

……子供のころさんざん壁越しに聞かされた、男を咥えこんで悦《よろこ》ぶ女があげていたのと似た嬌声《きょうせい》を、自分は喉が嗄《か》れるほどあげている。

耀に与えられた部屋で、与えられたものを食べ、白い時間を塗り潰すようにして無為の一日を、また過ごす。

テレビを点けていると『袋男事件』のニュースが流れることがあるため、自然と点けなくなっていた。犯人を知っていながらなにもできずにいることへの自責の念に駆られるからだ。

何度か耀に自首を促してみたものの、その度に凌辱されて、刑事としての志をへし折られた。

――僕に、なにができるというんだ？

『耀を修復できるのは、君だけなんだよ』

皓は、壊れている耀を修復してもらいたがっているようだったが、その方法がまったくわからなかった。皓に直接訊きたいところだったが、彼はあれ以来、出てこない。

――少しでいいから、話をしたい。

自分がなにをどうすればいいのかを教えてほしいのももちろんだったが、皓のやわらかな物腰に触れて安心したいのかもしれなかった。

鬱々《うつうつ》と考えこんでいるうちに眠ってしまったらしい。ドアが開く音で目が覚めた。

耀が脱いだロングコートをダブルベッドのうえに乱暴に放る。

マットレスを揺らして、彼はスーツ姿のままベッドに腰を下ろした。ヘッドボードに背を凭せかけて、煙草とライターを取り出す。咥えた煙草に火を入れると、眉間に軽く皺を立てて目を閉じ、ネクタイを大きく緩めた。

耀は葛城証券の子会社にあたるコンサルティング会社で社長をしているが、仕事はそれなりに忙しいようだ。帰宅は大概、十二時を過ぎる。

そして帰ってくると、こうしてまっすぐ雪弥のもとに来て一服するのだった。

雪弥は男の顔を、横倒しの姿勢のまま見上げる。秀でた額から高い鼻梁、しっかりと膨らみのある唇から締まった顎までのラインを目で追う。疲労の影が見える横顔は苦みを含んでいて、それがまた一段と男の美しさを際立たせていた。

唇から煙草が外されて、紫煙がふうっと空気に流される。

折りの深い瞼が上げられ、雪弥を見下ろしてくる。

「……おかえり」

監禁されている身で、こういう挨拶《あいさつ》をするのは妙だと思いながらも、呟く。

耀はまた煙草を咥えて、無言のまま、雪弥に手を伸ばしてくる。

寝乱れた黒髪を梳《と》かす仕草で、頭を撫でる。これも帰宅してからの一連の動作のうちのひとつだ。煙草を一本吸い終わるまで飽きるふうもなく、男の長い指は雪弥の髪を撫でつづける。

この時間だけは、ピリピリした空気にはならずにすむ。

咥え煙草の不明瞭な声で耀が言う。

「仕事なんか行かないで、ずっとこうしていたい」

「そんなの、すぐに飽きるだろう」

苦笑まじりに返すと、耀がぼそぼそと返す。

「飽きない。面白くもない仕事に時間を潰されてるのが馬鹿らしい」

雪弥は腰に毛布を巻きつけて身を起こした。耀の真似をして、ヘッドボードに背を凭せかける。

この生活を受け入れているわけでも、耀を許しているわけでもないが、日がな一日誰とも接しないで過ごすのがつらくなってきていた。

……それに、耀のことを知りたいという欲求が、確かに自分のなかにあった。

「でも、面白い仕事もあるんだろう？」

問いかけると、耀が投げやりに答える。

「いいや。ないな」

「このあいだの青山の京町屋造りの店。コンサルテーションしたのは耀だって聞いた。あれなんか愉しんで仕事したんじゃないのか？」

耀が思い出し笑いをするようにふっと顔を綻ばせた。

「ああ、あれな。あれは確かに愉しかった。休日に京都まで足を伸ばして探しまわって、取り壊す予定だった建物を貰《もら》い受けたんだ。解体して運んで組みなおしたから、金も手間もかかったけどな」

「京町屋は一歩入ると、こう空気が違うっていうか、外の音もすうっと遠退く。東京にいることを忘れる感じですごくいいと思ったよ」

真面目に言うと、耀がわずかに照れくさそうな顔をした。

「いくら褒めても、逃がしてやらないぞ」

「そんなのじゃない」

どうだか、と呟いて、耀が煙草を灰皿で捻じ消し、重心を雪弥へと倒してきた。素肌の二の腕に、質のいいスーツの布地が押しつけられる。雪弥の側頭部に、こつんと耀の頭がぶつかってきた。

男の重みと、その甘えるような仕草に、雪弥はどきりとする。

それを誤魔化すように早口になる。

「僕は大学で建築を専攻してたんだ。京町屋みたいなダイナミックな空間の広がりとかメリハリを、普通の家屋にも取り入れたらおもしろいだろうね」

眠そうな声で耀が言う。

「……建築学科か。俺も行きたかったな。俺たち、よくガキのころ、スケッチブックに家の絵を描いて遊んでたよな。覚えてるか？」

覚えているに決まっている。

だからこそ、なににも興味が持てないと思いながらも建築を専攻したのだ。

「耀は、木のうえの秘密基地ばっかり描いてた」

「あの頃はなぁ、本気で欲しかったんだ。誰にも見つからない秘密基地」

子供の耀は、目をきらきらさせながら言ったものだ。

『この秘密基地は、父さんにも母さんにも、雪弥んとこのおばさんにも見つかんないんだ。誰も見つけられないから、雪弥と俺はずーっと一緒にいられんの。九時になっても十時になっても、朝まででも、ずっとだ』

そんな耀の言葉が嬉しくて、家に帰ってベッドに入ってからも、何度も何度も大切に心のなかで甦らせたものだ。

「愉しかったなら、またああいう店舗関係の仕事を引き受ければいいじゃないか」

「あの仕事は、あくまで友人として引き受けたんだ。普段は証券関係の詰まらないリサーチ仕事ばっかりで……」

言葉は不明瞭に消え、耀の呼吸は穏やかな寝息へと変わっていった。


その日曜日、出社こそしなかったものの耀は朝からずっとノートパソコンに向かい、引っきりなしにかかってくる携帯電話で社員に指示を出していた。

なにか株価が大きく動くような情報が数日前から裏で飛び交っているらしく、証券会社のリサーチ機関である耀の会社はその真偽を見極めるために、さまざまな角度からの検討を試みているらしかった。

部屋の片隅に置かれた、青みのあるガラスと鉄パイプを組み合わせたシンプルなデザインのデスクに向かう耀の背中を時々眺めながら、雪弥はベッドのうえに座って雑誌を開いていた。相変わらず裸なので、毛布を身体に巻きつけている。

電話を切ると、耀は後頭部で手を組むかたちで伸びをしてから、立ち上がった。

どうやら一段落ついたらしい。疲れた顔色をしているものの、表情自体は晴れやかだ。そんな耀を見て、本人が言ったように本当にやりたい仕事とは違うのかもしれないが、いまの仕事にもそれなりに遣り甲斐を感じているのではないかと雪弥は思う。会社のトップとして、知識のあるスペシャリストとして、自分を活かしている人間の自信が耀からは漲《みなぎ》っていた。

耀がベッドの縁に腰掛け、そのまま仰向けになって伸びをする。

雪弥は読んでいた雑誌を横に置きながら尋ねた。

「この三日ぐらい、ほとんど寝てないだろう？」

「ああ。でも、とりあえず、今晩はゆっくりできそうだ」

耀の手が、雪弥が巻きつけている毛布の裾へと滑りこんでくる。

「ぜんぜん雪弥を構ってやれなかったな」

鉄の輪を嵌められている左の足首を摑まれる……重い金属に擦られつづけているそこの肌は、

赤く擦り剝けたような状態になっている。

「……ッ」

指で足首を擦られるとヒリヒリと痛んで、雪弥は眉根を寄せた。

「三日もしなかったなんて、勿体なくてたまらない」

雪弥としては毎日のように抱かれつづけてかなりつらい状態だったから、この三日の休息は正直ありがたかった。

監禁生活が半月以上に及び、心身ともに弱ってきているのが自覚されだしていた。

「三日分、いまからするか？」

「……それより、眠ったほうがいい」

「雪弥とセックスしたら、きっとよく眠れる」

擦り剝けた肌を撫でられ、色情に濡れた瞳で見据えられると、条件反射で甘ったるい疼きが腰のあたりに拡がる。自分の耳が赤くなっていくのがわかった。

「雪弥…」

耀が顔を近づけてくる——と、その時、電話が鳴りだした。

軽く舌打ちして耀が立ち上がる。ディスプレイで相手を確かめて苦い顔をすると、部屋から出て行きながら電話に出た。

「はい、耀です……ええ、確定しました——会長にもご報告しようと思っていたところでした。ついいましがた、東方《とうほう》テレビの重役が……」

どうやら、親会社のトップかららしい。

耀のコンサルティング会社は、耀の親戚が経営陣を構成する葛城グループに属している。そのグループトップの会長は、葛城証券の社長でもある。ときどき電話で話しているのを聞く限り、耀は会長のことを苦手としているようだった。

雪弥はさっきまで読んでいた雑誌をふたたび手に取り、開いた。

『袋男事件被害者たちの傷痕』

四ページにわたって、袋男事件の概要と、被害者五人のことが記されていた。

腕を捩じ折られたのは五人とも同じだが、なかには折られたときに神経を痛めて、左手に障害が残る可能性のある者もいるという。顔だけ隠した被害者の写真も載っており、被害時の詳細な状況がなまなましく語られていた。

記事は、いまだ犯人逮捕に至らない警察に対する厳しいコメントで締め括られていた。

いつまでも目を背けていてはいけないと意を決して読んだのだが、やはり罪悪感に気分が悪くなった。

保高たち同僚は、いまも犯人捜しに奔走《ほんそう》しているのだ。そして自分は犯人といる。自分には刑事として犯人を裁きの場に引き渡す責務がある。どんな手段を使ってでも外部に連絡を取らなければならない。本気で考えれば手段はあるはずだ。

——そして僕が、耀を……。

そのことを詰めて考えようとすると、とたんに頭の芯がずきりと痛んだ。その痛みはどんどどん増していき、雪弥は無意識のうちに雑誌を閉じてしまっていた。

しかしテレビのニュースを見なくとも、雑誌の記事から目を背けても、現実は消え去りはしない。

耀が犯した罪は消えず、自分の置かれている監禁生活も変わらない。皓が言っていた、耀を修復するという方法もわからない。

すべてが停滞したまま、焦燥感と閉塞感ばかりが嵩《かさ》んでいく。

日を追うごとに雪弥の食は細くなり、眠りは浅くなっていった。

「冷蔵庫の中身も、パンも減ってないじゃないか」

その日、帰宅した耀はチェックを入れて眉をひそめた。

雪弥は毛布にくるまって身体を丸めて横たわっていた。身体を起こすのすらだるく、ひどく頭が痛かった。偏頭痛だ。

子供のころは時々なった記憶があるが、ここまで激しい頭痛を覚えるのは最近にはないことだった。脈拍に合わせて目の奥にナイフを刺しこまれているかのように痛む。

「どうした？　具合が悪いのか？」

耀がベッドに腰を下ろして、枕になかば顔を埋めている雪弥の額に掌を載せてくる。

「熱はないみたいだな」

額を大きな手ですっぽりと包まれたまま、雪弥はズキズキする瞼を上げて、耀を見上げた。

その雪弥の目を覗きこんで、茶褐色の瞳が瞬く。

「目が充血してるぞ」

「……頭が痛い」

「頭痛薬、確かあったはずだ。持ってくる」

耀が慌てた様子で立ち上がり、足早に部屋を出て行く。

しばらくすると、ヨーグルトとグラスに入った水、それに薬を両手で摑んで戻ってきた。

「胃になにか入れてからじゃないと、薬、飲めないだろ」

そう言うと、耀はヨーグルトの蓋《ふた》をペリペリと剝がして、スプーンをそこに差しこんだ。

真っ白なつるりとした塊が雪弥の口元へと運ばれる。

食べたくはなかったけれども、あまりにも不器用な手付きで、いまにもヨーグルトがスプーンから零れ落ちそうだ。

雪弥はわずかに顔を上げて、スプーンを咥えるようにしてほのかに甘い匂いのするものを口に含んだ。いざ口にしてみると、意外に美味しいと感じる。自分で食べるときとはまったく違う味わいだった。

そのままカップのヨーグルトを半分ほど食べさせられてから、薬を三錠、口に押しこまれる。

耀はグラスの水を当然のように自身の口に含むと、顔を重ねてきた。

キスなどもう数えきれないほどしているはずなのに、それが性的な目的でないせいなのか、触れた唇に雪弥はどきりとする。思わずキュッと唇を締めてしまうと、耀の親指に下唇を捲られた。

開き合った唇が重なり、水が細い流れとなって雪弥に注ぎこまれる。

口のなかに溜まった水で薬を嚥下する。

「ちゃんと飲んだか？」

尋ねられて頷いたものの、雪弥は問題の頭痛がすでに半減していることに気づく。

まだ薬が効いているはずはない。

「頭、冷やしたほうがいいなら、タオルと氷、持ってくるぞ？」

雪弥の額を掌で包みながら、耀が覗きこんでくる。

とても心配そうな表情だ。

――十一年前、耀に滅茶苦茶にされたのに……。

耀に触れられている額が、気持ちいい。

――こんなふうに監禁されて、好き勝手なことをされてるのに……。

まるで耀の掌に痛みを吸い取られていくかのように、頭痛が和らいでいく。

――……僕は。

雪弥は胸につかえるなにかを感じながら、額を包む耀の手を払い除けた。

耀に背中を向けるかたち、身体を丸める。

「触らないで、くれ」

呟く。


「ここの南瓜《かぼちゃ》のスープは美味いんだ」

黒いダイニングテーブルのうえには、たくさんの皿が並んでいる。

食欲のない雪弥のために、耀がわざわざ人気イタリアンレストランのシェフに作ってもらったものらしい。

南瓜のスープ。ローストビーフとアンチョビがサイドに盛られたサラダ。蝶のかたちをしたパスタのファルファッレは帆立貝やサーモンと一緒にクリームソースが絡められている。メインはオリーブオイルとハーブの香りが立つ魚料理だ。

けれど、雪弥はとても料理を口にする気になどなれない。

頬を火照らせて、俯いている。

足枷を外してもらえたのは、三週間目にして初めてのことだった。それ自体はありがたかったが……。

「なんだ？　もしかして、まだ恥ずかしいのか？」

白ワインを愉しみながら、耀がからかう声音で訊いてくる。

「いい加減、その格好にも慣れていいころだと思うけどな？」

「……から」

「ん？」

「シャツ一枚でいいから、なにか――」

こんな間抜けなことがあるだろうか？

向かいの席の男は、Vネックの茶色のセーターにスラックスという、ラフなりに上品な格好だ。それに引き換え、雪弥は素っ裸なのだ。裸で明るいダイニングスペースに座らされている。

「そんな勿体ないことはできないな。俺にとっては、雪弥がメインディッシュなんだ。目でも愉しませてもらわないと」

耀の声は本当に愉しげだ。

思わず強張った顔のまま睨むと、彼は指先でひょいとフォークを摘まんだ。

それがポイッと投げられる。

銀のフォークは硬い音をたてて、フローリングの床へと落ちた。

「ああ、しまった。雪弥、拾ってくれないか？」

「……」

フォークはテーブルから少し離れたところに落ちている。そんな場所で裸で物を拾うなど、どれほど間抜けでみっともない姿か。

雪弥は拒否の無言で、正面の席の男を睨んだ。睨まれた耀は、肩を竦める。

「仕方ないな。自分で拾うか」

　立ち上がると、床のフォークへと歩いていく。

　けれど彼はフォークを拾わずに、そこに立ったまま胸の前で腕を組む。そうして、座っている雪弥を眺める。

　その立ち位置だと雪弥は側面を耀に晒すかたちになり、どこも隠すことができない。

　恥ずかしい。だが、恥ずかしがれば、かえって喜ばせるだけだ。

　耀から顔を背け、背を伸ばし、なんでもないようにして凌《しの》ごうとする。スリッパの音が近づいてくる。

「雪弥は色が白いから、赤くなるとよく目立つな」

　耳を指で撫でられて、雪弥はビクッと身体を引いた。慌てて振り返ると、すぐ横に耀が立っている。

「いい加減にしてくれ！　こんな子供みたいないたぶり方をして……」

「そうだな。子供みたいだな」

　耀がふっと微苦笑を浮かべた。

　雪弥の椅子の背凭れに手をつき、顔を覗きこんでくる。

「ガキのころ、雪弥にこんなことをさせてみたいって、そんなことばっかり考えてた。雪弥が恥ずかしがって泣くところを見たいってな」

「……」

「雪弥といると、昔に戻った気分になる。二十七っていう自分の年を忘れる」

それは、もしかすると自分も同じかもしれなかった。

二十七歳という年齢も、刑事という立場も、実感を失う。そして、耀と一緒に過ごした子供のころの感覚に引きずられる。

ずっと心の底で凍っていた耀を好きでたまらなかった気持ちが、やわらかく解凍されていっているのを感じる。

そんなふうに流される自分の心が、情けない。

ここまで嬲り者にされても、耀への情を切り捨てて連続暴行犯として扱う気になれない。

それに、皓の言葉が真実であるのなら、そもそも耀が犯罪に手を染めたのは自分との再会を果たそうとする一念からだったのだ。そう思えば、なおさら耀を一方的に詰り拒絶する気持ちにはなれなかった。

「雪弥は南瓜、好きだろ？」

耀は雪弥の前に置かれたスプーンを手に取ると、それでとろりとしたスープを掬った。スプーンが雪弥の口元へと運ばれる。

甘い南瓜の匂いが鼻腔をくすぐる。

雪弥は戸惑いながらも、わずかに唇を開いた。スプーンが下唇にそっと触れる。とろとろと、温かい液体が入ってくる。クリームのよく効いた、まろやかな味わいが舌に拡がる。飲みこんでいるうちに、もう一匙《さじ》が運ばれる。

「もう、いい。あとは自分で……」

スプーンを受け取ろうとして、手がぶつかった。南瓜のスープが匙から零れた。

熱のある液体が雪弥のやや上気した胸に振りかかる。

「あっ」

なにか拭くものをと視線を彷徨わせた雪弥は、次の瞬間、身体をひくりとさせた。顎に触れる、芯のある髪。胸の肌を、やわらかな肉がのたくる。

「耀……なに」

「美味い」

ピチャッと音がたつ。ぞくりとする感覚に、雪弥は耀の髪を掴んだ。引き剥がそうとすると、舌がぬるっと場所を移動した。

「……っ、ふ」

左の乳首をぺろぺろと舐められる。それからそっと、歯が引っかかった。甘噛みされる。

瞼がヒクヒクと痙攣して、雪弥はギュッと目を閉じた。裸の背に、細かな汗の粒が浮かぶのを感じる。まるで溶けて小さくなった飴玉を舐めるときのように、耀は、ともすれば乳首を噛み砕きたいみたいにする。

「耀っ——ぁ、ん」

自分でもドキッとするほど甘い声が出た。笑う吐息が胸にかかる。赤くなった乳首をチュッと吸ってから顔を上げると、

「脚、開いてるぞ。気が早いな」

　耀は雪弥の脚のあいだを少し乱暴な手つきで擦ってきた。腿をグッと閉じると、そこから手が引き抜かれる。

　雪弥の正面、テーブルの縁に軽く腰を預けると、耀はやおらスラックスの前を開いた。下着のウエストを下げて、性器を露わにする。

「雪弥ひとり恥ずかしい格好をさせてると悪いからな」

　そう嘯《うそぶ》いて、南瓜のスープの入った皿を持ち上げる。

　宙で皿が傾けられる。

　オレンジ色のとろりとした液体が縒るように落下していく。それはまだ平常な状態の耀のペニスへと降りかかった。

「ほら。冷めないうちに飲め」

　雪弥の頭に耀の両手がかけられる。椅子に座ったまま、上体をぐうっと前傾させられる。目の前に男のものを突きつけられて、なにを要求されているかを知る。

「い……やだ」

「いまさら、嫌はないだろう？　毎晩、丁寧にやってくれるくせに。ほら、舌を出して、舐めてみろ。美味いから」

「……う」

　唇のあいだに、スープ塗れの性器が擦りつけられる。

南瓜とクリームのいい匂いがする。

雪弥は唇を開いた。滴《したた》り落ちる上品な味わいのスープを、わずかに出した舌先で掬う。先端を舐めると、ひくりと耀が腰を跳ねさせた。その反応に、雪弥の下腹にじわっと熱い疼きが拡がる。

セックスのときいつもそうなるように、頭がぼうっと熱くなってくる。

「そうだ。もっと舌を出して、根元まで――ああ、巧くなったな、雪弥」

男の喜ぶ場所を教えこまれた舌が、くねりながら肉茎を辿る。ぼってりと充血してきたそれを唇のなかに招き入れる。

「く、……ふ」

もうスープの味はしなくて、代わりに少し苦みのある透明な蜜が舌に拡がる。

性器が口のなかで、グッグッと膨張し、角度を変えていく。

上顎を張り詰めた先端で優しく擦られて、雪弥はだらしなく唇を開いたまま気持ちよさに溜め息をつく。混ざり合った体液が唇から糸を引いて垂れた。

「こんないやらしいこと、絶対にしないような顔してるくせにな」

耀の指が耳の裏や顎のラインを這いまわる感触にぞくぞくして、何度も肩を竦める。

雪弥の脚は、自覚もないままゆるやかな開閉を繰り返す。まるで、なにかをそこに突き刺してもらえることを期待するかのように……。

このまま口内で果てるつもりかと思ったがしかし、雪弥の丸く開いた口の輪から、耀はそれ

を引き抜いた。

雪弥は火照る唇で忙しなく呼吸しながら、椅子へと背を凭せかける。

欲情に腫れぎみな瞼を上げる。

「そろそろ、メインディッシュにいくか」

自分を見下ろす美しい男が、舌なめずりをした。


テーブルの縁を握り締める指先は、白く色を失っている。

ガタッ…ガタッ…と、重い机がかすかに揺れる。皿同士がぶつかって、高い音を鳴らす。グラスのなかの白ワインが跳ねる。

「ぁ、あ、っ……ッ」

椅子に腰掛けた耀の膝のうえに雪弥は座らされていた。裸の脚のあいだには、肉の茎が深々と突き刺さっている。耀は衣類を膝まで下ろした姿だ。

雪弥は耀に晒した背中を軽く弓なりに反らして、前傾姿勢でテーブルに摑まっている。

腿の上部を押さえこむように掌で包まれている。大きく開かされた脚の付け根では、色づいた屹立が男の腰の動きに合わせて円を描くように揺れている。

こうして料理を前にしてセックスをするのは、なにかひどくふしだらなことのように思われた。自分自身が料理の一品になって、耀に食されている気分になる。

実際には、雪弥のほうこそ、耀を食べさせられているのだけれども。

食べさせられて、性器の先から涎をポタポタと滴らせている。

「雪弥、腹が減ってるだろう？」

忙しなく筋肉を浮かべたり消したりしている雪弥の腹部を撫でながら、耀が訊いてくる。そこはいま男でいっぱいいっぱいにされていて、空腹を感じるどころではない。

「な、に、言って……？」

耀が雪弥の背中に胸を寄せて、後ろから身体を包みこんでくる。やわらかなカシミアのセーターが雪弥の汗をそっと吸う。耳朶《じだ》を食べるように前歯で何度も噛まれる。

「食欲と性欲を司る場所は、脳のなかで隣り合わせにあるんだ。お互いが刺激し合う」

耳元でそう囁いて、耀はテーブルに並べられた皿へと手を伸ばした。

サラダとともに載っている、薄くスライスされたローストビーフを人差し指でくにゃりと掬う。肉の内側は、生肉に近い薔薇色をしている。

「食べてみろ」

肉を唇に押しつけられて、雪弥は顔を背けた。

「……そういう肉は、嫌い、なんだ」

それに、こんなふうに突き上げられながら物を食べるなど考えられない。倫理観の問題なのか、生理的な問題なのか、とにかく同時にするのはあり得ない行為だと思う。

「好き嫌いは駄目だって、うちの母さんにも言われたろ？」

そう言ったかと思うと、耀は片方の手で雪弥の鼻を摘まんできた。

「ん……んっ――――」

息を吸おうと開いた口に、ローストビーフを押しこまれる。そして吐き出せないように、そのまま掌で口を押さえられた。妙にやわらかいなまなましいものが口をいっぱいにする感触に、鳥肌が立つ。

雪弥は喉で呻きながら、耀の手に手をかけて引き剝がそうと試みる。けれど犯されている身では力も入りきらない。

耀が突き上げる動作を止めると、雪弥の肩を摑んで上体を捻じらせた。

瞳を覗きこまれる。

「よく嚙んで、飲みこめ」

「っ、う……うぅ」

従うまで、耀は口から掌を離さないつもりなのだ。息が苦しい。

軽く嘔吐《えず》きそうになりながらも、雪弥はついに肉に歯を立てた。

クチャクチャと肉を嚙む音が、やたらと大きく聞こえる。

涙目を伏せて、咀嚼《そしゃく》していく。上下の口で同時に肉を食べていることに、すさまじい羞恥を覚える。

雪弥の口を手で封じたまま、耀はもう片方の腕でギュッと雪弥を抱き締めてきた。わずかに上ずった声で耳打ちしてくる。

「わかるか、雪弥……嚙むたびに、雪弥のなかが締まってる」

気にしていたことを指摘されて、身体中がカーッと熱くなる。

「もっと、強く噛んでみろ。そうだ……ああ、すごくいい、いいよ、雪弥」

その耀の声に、雪弥の内壁はヒクヒクと震えてしまう。

男を悦ばせながら、雪弥は苦闘しつつもなんとか肉を飲みこんだ。耀の掌が口から外れ、ちゃんとぜんぶ飲みこんだか確かめるためだろう。中指がずるりと唇を割って、入ってくる。口腔を指で辿られる。

いやらしいキスをされているような感触に、雪弥は思わず耀の指に噛みついた。

「……また、締まってる」

堪《こら》えきれなくなったかのように、耀は雪弥の唇から指を引き抜くと、腰をがっしりと両手で摑んできた。

「い……あっ、やっ、ん——ああっ」

汗ばんだ肌同士が激しくぶつかる音。

耀の膝のうえで、雪弥の身体はガクガクと揺れる。あまりに苦しくて、跨《またが》っている耀の膝に手をつき、腰を上げて逃げようとする。わずかに繋がりが浅くなったと思ったとたん、両の脇の下に腕を通されて羽交い絞めにされた。

ずぶりと、耀の大きなものを根元まで挿される。

もう、あとは耀のなすがままだった。

思うさま内壁を掻き混ぜられ、痛いほど突き上げられる。雪弥は人形のように揺さぶられるままになり、一切の抵抗する力を失う。

羽交い絞めが解かれて、耀の両手が雪弥の下腹へと流れた。

「耀……耀っ……ぅんっ、ンッ……！」

熱い掌に包みこまれたとたん、雪弥の性器は突然、弾けた。

耀の厚みのある広い胸に凭れかかって、雪弥は白濁が宙を飛ぶのを見る。それは黒いテーブルの天板にポタポタと落ちた。料理にも白い雫が降りかかる。

卑猥な食卓を呆然と眺めていた雪弥は、体内に激しく熱い液を撒かれる衝撃に、細く呻きながら目を閉じた。


ふたたび、左足首に鉄の枷が嵌められている。

バスルームで耀に洗われた身体からは、柑橘系《かんきつけい》のソープの香りが漂っている。毛布を肩まで被り、うつ伏せの姿勢、ふっかりとした枕に顔を埋める。とろとろとした眠気が、頭の芯を侵しはじめていた。

ドアが開く音。耀がベッドルームに入ってきたらしい。

彼が同じ部屋にいるというだけで、肌がピリピリする。また酷いことをされるのではないかという警戒心と、またふしだらな快楽を与えられるのではないかという期待感が込み上げてくる。

そして、正体もなくただ流されている自分への嫌悪感が泡《あぶく》のように生じる。

重い瞼を上げると、ダウンライトの明かりが絞られていくところだった。まるでゆっくりと光の届かない海の底へと連れ去られていくかのように、すうっと暗くなっていく。

――……このまま、ずっと一緒に潜っていられたらいいのに。

現実など消してしまえたら、どれだけ安らかだろう？

自分が刑事であることを、耀が暴行犯であることを、ないことにしてしまいたい。

ふたりのあいだに横たわる十一年の空白を、ないことにしてしまいたい。

いつまでもここにこうしているわけにはいかないと焦る心を、ないことにしてしまいたい。

そして、わだかまりもなく耀とともに過ごすことができたら、どんなにかいいだろう？

二十七歳の男が考えるには無様な現実逃避だ。雪弥は自嘲しながら、ベッドに入ってくる男を見上げる。

かすかなダウンライトの光、影に沈みがちな彫りのしっかりした顔立ち。シルクの黒いパジャマが纏わりつく身体のラインは引き締まっていて、逞しい。雪弥の抵抗などさして苦労もせずに押さえこむことのできる、力のある男の肉体。

いつも眠るときにそうされるように乱暴に抱き寄せられるかと思ったが、しかし彼は枕に片肘をついた姿勢で、じっと雪弥の顔を覗きこんできた。

やわらかな、眼差し。

男を包む空気には、品のよさが薫っている。

雪弥は訝しく瞬きを繰り返してから、はたと気づき、小声で尋ねた。

「皓、なのか？」

ほのかな光のなか、男の口角が綺麗に上がる。

「よくわかったね」

自分の肩から力が抜けるのを雪弥は感じる。理屈ではなく、そういうなにかを皓は漂わせているのだ。

「……すごく久しぶりな気がする」

「ここに雪弥を連れ去ってきたとき以来だね」

素直な言葉が口から漏れた。

「会いたかった」

皓がゆっくりと目を見開く。

「俺に、会いたかったのかい？」

安堵に自分の目が潤むのを雪弥は感じる。

「訊きたいことがあったし――なにか、すごく、疲れてて」

「そうか。すまなかったね」

手が伸びてくる。そろりと頬を指の腹で撫でられる。その仕草ひとつ、耀とは違う。

耀だけれども、耀でない男。

「ここのところ、耀は雪弥を手に入れて満足していたからね。僕は出てこられなかったんだ」

多重人格がどういう状態なのか、雪弥にははっきりと思い描くことができない。

「出てこないとき、皓はどうしてるんだ？　眠ってるのか？」

「いいや。耀の体験することを『見ている』状態と言えばいいかな」

「見ている、状態……」

「そう。だから、ずっと雪弥のことも見てた」

おそらく、耀に抱かれているときの雪弥のあられもない姿も、皓は知っているのだ。そのことに気づいて、思わず頬が熱くなる。指先に雪弥の火照りを感じたのか、皓がふっと笑う。笑ったあと、改まった声で訊いてきた。

「雪弥、この生活はつらいかい？」

この生活――自由を奪われ、動物のように裸で過ごすことを強いられる生活。耀にすべてを与えられている。逆に言えば、耀が自分を見捨てたら、命を繋ぐことも叶わない。

十一年前、耀に手酷く裏切られ、置き去りにされた。

いまも無体なことをされつづけている。

信頼するに値しない相手とわかっているのに、それでも雪弥は耀を信じることを希求していた。

耀を信じること……耀を頼りに日々を暮らすことは、もっとも心のやわらかな少年時代に刻みつけられたあり方だった。

自分を支え、支配する人。

彼へと心も身体もすべてを投げ出すことを強要されているこの状態に、どこかで安らぎを覚えてしまってている自分がいる。

『ガキのころ、雪弥にこんなことをさせてみたいって、そんなことばっかり考えてた。雪弥が恥ずかしがって泣くところを見たいってな』

耀に苛まれながらも、告げられる言葉に胸が熱くなった。

自分がそうだったように、あの頃の耀も想いを持て余していたのだ。同性の幼馴染へ向けるべきではない類《たぐい》の想いを。

「つらがらないといけないとは、思ってる」

雪弥は苦い気持ちを吐露する。

「ここを抜け出して、警察に戻って、耀の罪を明らかにするのが正しいことだとはわかってる。このままでいいわけがないとわかってる」

「それは頭で考える理屈や、世間の倫理の話だね」

皓の指が力を籠めて雪弥の顎を摑んできた。

薄闇のなかで見据えられる。

「俺が聞きたいのは、雪弥の本当に望むことなんだよ。警察の仕事は、雪弥にとって大切なものなのか？　耀よりも優先するほどに、大切な、守りたいものなのか？　君は、これから先、誰とどんなふうに生きていきたい？」

耀の肉体を持つ、耀ではない存在に問われる。

問われると、心が大きく揺れた。

刑事としての職務を擲《なげう》って耀を選ぶことなど、許されるのだろうか？

耀の裏切りや犯した罪をこの胸に呑みこんで、ふたたび耀を信じ、これから先をともに過ごしていく――もし、そう心を定めることができたら、自分は幸福を得られるだろうか？

……ただ、それはあまりにも現実味のない夢物語のような幸福だ。

それに、この十一年間がどんなに無味乾燥なものであったとしても、それを簡単に投げ棄《す》てることはできない。感情も感覚も死んだようにして過ごしたけれども、決して幸せではなかったけれども、自分はその虚ろな心身を引きずって十一年という時間を確かに過ごしてきたのだから。

「わからない……自分のことなのに、よくわからないんだ」

正直に答えると、顎を掴む力が弱まった。

「ゆっくり、きちんと考えればいいよ」

雪弥はじっと皓を見詰めた。

「……皓は、僕に耀を修復してほしいから、ここに連れてきたんだよな？」

皓が否定も肯定もせずに、目を細める。

「耀が壊れたのは、いつなんだ？　皓はその時に、耀と分離したのか？　僕と耀が一緒に過ごしてたころには、まだいなかったんだろう？」

耀のことを、そして皓のことを、知りたかった。

この十一年間、どうしていたのか。どうして人格が乖離するようなことになってしまったのか。

そして、あの十六歳の夜、どうして事情のひとつも話してくれずに自分を犯して、姿を消してしまったのか。

手のなかにある疎《まば》らなパズルのピース。ピースをすべて揃えて嵌めて真実が見えたら、自分たちの未来も見えてくるのではないか？

「ああ、少なくとも雪弥の隣の家に住んでいたころは、俺はまだいなかった」

「それじゃあ、そのあと、なにか酷いことが耀に起きたわけだ？　人格が乖離するのは、耐え難《がた》い体験が原因なんだろう？」

「そう――だろうね」

「皓は、なにがあったか知ってるのか？」

「……俺は、ある日、気がついたら存在してた。詳しいことはわからない」

誤魔化されている気がする。

けれども、人格が乖離する切っ掛けになった出来事はよほどの体験だったに違いない。

――耀と皓が、ふたりがかりでかかえなければならなかったぐらいの……。

それを無理やり聞き出すのは間違ったことのように感じられた。

沈黙が落ちて、ふいに皓が身体を起こした。

自身のパジャマの上着のボタンを外しはじめる。厚みのある肩のラインが剝き出しになる。

なめらかな布が、彼の肌を滑り落ちる。

雪弥は一瞬どきりとして気色ばんだが、皓は脱いだパジャマの上衣を雪弥へと渡してきた。たぶん、雪弥がずっと裸で過ごさせられているのを見ていて、不憫《ふびん》がっていたのだろう。

雪弥は横になったままもぞもぞと渡されたパジャマを羽織った。久しぶりに服に袖を通すと、なんとも言えないホッとした気持ちになる。

「ありがとう、皓」

礼を言うと、皓がゆっくりと雪弥の横に身体を倒してきた。

雪弥の頭の下に掌が差しこまれ、持ち上げられる。枕が抜かれて、代わりにしっかりした腕が滑りこむ。

前髪をはらりと指先で除けられ、額に唇を押しつけられる。

それはとても長い口づけだった。

皓の唇がかすかに震えているのを、雪弥は感じる。

「おやすみ、雪弥」

ようやく唇が離れる。皓の胸に、抱き寄せられる。

「……君が好きだよ、雪弥」

# 5

「雪弥、雪弥っ」

厳しい声に、名前を呼ばれる。

骨が軋むほど強く肩を摑まれ、ガクガクと揺さぶられている。穏やかな眠りから鷲摑みに引きずり出されて、雪弥はパッと目を開いた。

「なに……なんだよ？」

肩から手が離される。

手の甲で目を擦って起き上がると、次の瞬間、前を留めていないパジャマの襟を摑まれた。黒いシルクの布が甲高い音をたてて破れる。

「誰に、着せてもらったんだ？」

「い、たっ」

前髪を乱暴に摑まれ、顔を覗きこまれた。剣呑《けんのん》とした光に満ちた茶褐色の瞳。耀がなにをそこまで怒っているのか理解できないまま、雪弥はただ目をしばたたく。焦れた様子で、低い声が畳みかけてくる。

「また、俺のなかにいる奴が出てきたんだな？　そいつと会って、着せてもらったんだろう？……俺の身体を乗っ取って、そいつはお前になにをした？」

どうやら、怒りの原因は皓のことらしい。

雪弥は宥める微苦笑を浮かべた。

「耀、彼はただ僕のことを気遣ってくれて……」

「そいつは、俺に閉じこめられて苛《いじ》められてる可哀想な雪弥のことを、優しく気遣ってくれるわけだ？」

「……」

「毎晩、会ってるのか？」

「――耀。いい加減にしてくれ」

皓は決して、耀が考えているような存在ではない。彼は耀のいいようにすべてを取り計らう存在であって、雪弥の味方ではない。ふたりを引き合わせて話をさせれば、誤解はすぐに解けるだろう。

――でも、身体はひとつだから、そうもいかないか。

どう伝えればわかってもらえるだろうかと眉根を寄せる。

「彼は滅多に出てこない。ここに連れてこられてから、まだ二度しか会ってない」

「その二度、そいつは雪弥に指一本触れなかったのか？」

ここに連れてこられた直後、高校時代の悪夢に魘されていた雪弥を、皓は優しい手で起こしてくれた。昨夜は、額に長いキスをされた。抱き締められて。

『……君が好きだよ、雪弥』

違う。あれは、深い意味のない言葉だ。意味があったとしても、耀のフォローをするために皓はそう言ったのだろう。

「目が泳いでるぞ」

「……」

「そいつと、いままで全部で何回会って、なにを言われて、なにをしたんだ？」

有料パーキングと化した自分たちの家の跡地で、好きだと何度も甘く告げられた。

キスを、された。扇情的でいて優しいキスだった。

「――耀、そんなのを気にするのは、おかしいよ。彼は、君なんだ」

そう言う自分の声は、どこか頼りない。まるで耀に確認を求めるような言い方だった。

耀の目が冷たく眇められる。

「そいつは、俺じゃない」

「彼は、君の一部だ」

「一部？　俺は認めない。そいつが勝手に雪弥に触れてるかと思うと、虫唾《むしず》が走る」

雪弥の前髪を摑んでいる手に力が籠もる。

わかってもらいたい気持ちと、皓を庇いたい気持ちとが入り混じる。

「彼は、僕が耀を理解する手助けをしてくれているんだ。そして、僕が混乱しないように気遣ってくれてる」

「俺より、そいつのほうがいいってわけだ？」

「どうして、そうなるんだよ」

耀が自嘲の歪んだ笑みを浮かべた。

「誤魔化さなくていい。雪弥が誰よりも俺を一番嫌ってるのはわかってる」

「それは、違……」

「無理に機嫌取りなんかするな！」

「……」

「俺は雪弥の生活もなにもかも奪って、俺の欲望に従わせてる。憎まれて当然な、最低の人間だ……わかった。だから、そいつに尻尾を振って、俺から逃げ出そうとしてるんだな？」

自分がなにか言えば言うほど耀の気持ちが乱れていく気がして、雪弥は口を開くことができなくなる。

「俺はこれ以上、そいつをこの身体に飼っておく気はない」

背筋の凍るような声で、耀が皓に布告する。

「お前が生まれたのがどこかは見当がつく———そこで、消してやる」


キャデラックXLR。初めてこの車の助手席に乗せられたとき、ドアノブがなくて焦ったものだが、プッシュボタンを押せば開くという仕組みになっていた。

朦朧とした目でそのボタンを眺めながら、雪弥は助手席でぐったりしていた。

手足は拘束されておらず、もちろん裸でもない。モヘアの織りこまれたハイネックのセーターにカーゴパンツという格好だ。

傍から見れば、どこもおかしいところはないはずだ。

発熱しているような、頬や耳の赤みを除けば。

「あと一時間ぐらいで着く」

あと一時間も堪えなければならないのかと思うと、意識が遠退きそうになる。

……朝、耀に激しく揺り起こされ、皓のことで詰られた。

そして耀は今日の一切の仕事を放棄して、雪弥を車に放りこんで高速に乗ったのだった。

「──耀、……がい、だから」

エンジン音に混ざってかすかに響いている、ヴヴヴ…という音。

「もう────いや、だ」

雪弥は両手で顔を覆った。汗に潤んだ肌。息が熱い。

指先が震えている。まるで、体内で振動しているソレによって震わされているかのように。

この三週間の監禁生活のなかで、耀は幾度か雪弥にその下品な玩具《がんぐ》を試そうとしたことがあった。けれどもその度にそれだけはやめてほしいと哀願して許してもらっていたのだ。

ソレが……細長くて波打つ形状のバイブレーターが、いま身体の奥底で振動している。

玩具で嬲っておけば拘束しなくても逃げられないだろうと、耀は踏んだのだ。

そして同時に、これは罰なのだ。

雪弥が、皓の存在を受け入れていることへの罰。

「嫌だって、そんな細いのじゃ、満足できないか？」

「ちが……」

「それじゃあ、せめてもう少し刺激を強くしてやろう」

「ッ――――！」

耀がジャケットのポケットから取り出した遠隔操作のリモコンを操ったとたん、雪弥の身体はギュンと硬直した。

反射的に両手をシートについて突っ張り、背を弓なりに反らして腰をあられもなく前に突き出す。上げられた尻のなかでは玩具が踊り狂っている。

「や……やっ、だ……耀っ」

たすけて、と掠れた声で叫ぶ。

なかの快楽の凝りを、容赦なく連打されていた。

快楽。苦痛。疼き。身体を内側から爆破される体感。

羞恥。切迫感。哀しみ。さまざまな色の感情が胸の底から止め処《ど》なく溢れ出してくる。

めまぐるしく噴出する色が混ざって混ざって、暗色に落ちていく――そうして、ブラックアウトしそうになった瞬間、すべての色が混じりきり、無彩色の白へと一気に反転する。

せつなく甘やかな悲鳴が、唇から溢れた。

車の速度を落として助手席のプレイを観賞していた耀が、ようやく玩具の振動を止めてくれる。

「う……うっ、う」

シートに沈んだ雪弥の身体は、まだヒクリヒクリと弱く痙攣している。

「雪弥」

恍惚とした男の声が囁く。

「可愛いよ、雪弥――愛してる」

その言葉に、身体がまた跳ねてしまう。苦しく腰を捻る。

心も身体もぐずぐずに蕩かされた雪弥を乗せて、車はふたたび加速した。


雪を頂く山々。

上信越自動車道を進みゆくに従って、白の版図は増えていった。

東京はまったく雪の影などなかったが、こうして車で二時間も走れば、天候は違う法則に従う。軽井沢は無彩色に埋もれがちだった。

フロントウインドウを行き来するワイパーが雪を引っ掛けては、端にギュッと除ける。その様子を見ているだけで、気が滅入る。

――雪は、嫌いだ。

そして横を見やれば、耀の顔も心なしか強張り、沈んでいるように見えた。

高速道路を降りてから、車はスーパーの駐車場に入った。地方都市に多い、やたらゆったりと広い敷地に建つスーパーだ。そこのトイレの個室で下着を脱がされ、白濁で汚れた下腹を綺麗に拭われた。逃げないから玩具を取ってほしいと頼んだが、聞き入れてはもらえなかった。

スーパーで、耀は食材をたんまり買いこんだ。ジャガイモやニンジンなどの野菜類に、肉類魚類が大量に積まれたカートを見て、一体どれだけ雪の降る地に滞在するつもりなのだろうかと、雪弥の気持ちは塞いでいく。

耀は、本当に皓を消すつもりなのだろうか？

どうやって、消すつもりなのだろう？

皓が生まれた場所ということは、耀の人格が乖離するほどのなにかが起こった場所だということだ。その地で、なにがあったというのか。

自分たちは、これからどうなっていくのか……。

真っ白い息を吐きながら、手袋をした両手に提げた食材や日用品の入った買い物袋をふたりで車に積む。

ドアを開けて助手席に乗りこもうとして、雪弥はふうっと空を見上げた。

濁り色の分厚い雲に覆いつくされた、低い空。

そこからちらちらと地上へ墜《お》とされてくる、純白な、無数の芥《あくた》。

雪弥の黒い瞳に、ひとひらの雪が吸いこまれる。針で刺されたような痛みが眼球に走ったけれども、それも一瞬のこと、雪は水と化し、かたちを失う。

遠近感も方向感覚も時間の流れも、かすかな眩暈とともに失われていく。

小さな脆《もろ》い結晶の大群に、すべての音も存在もしんしんと呑みこまれていく。

……まるで、なにも初めから存在しなかったかのように。

子供のころに母によって刻みこまれた激痛が、呼び起こされる。

「雪弥？」

いつまでも車に乗らないから、逃げるつもりなのかと心配になったのかもしれない。雪弥の手首が、運転席から伸ばされた手に掴まれる。

掴まれた場所から、またぞろ世界が定かに存在しはじめる。

木の枝から、雪がどさっと音をたてて崩れ落ちた。クラクションを鳴らしながら、雪道を車が走っていく。幼い子供を連れた夫婦が駐車場に駐められた車に乗りこむ。キュルキュルと、エンジンが回りだす音。

雪弥は喉が凍りそうな大気を吸いこむと、助手席に乗りこんだ。

耀が横顔のまま、ぼそりと言う。

「こんな雪だらけのとこに連れてきて、悪いな」

彼らしくない、どこか心許《こころもと》ないような表情だった。

耀は、雪弥がなぜ雪を嫌悪するのかを知っている。

母に致命的に傷つけられたあの日、傍にいてくれたのは、耀だった。

ぼた雪の降りしきる夜のことが鮮明に思い出されて。

「耀」

雪弥はコートや髪に雪を纏わりつかせたまま、耀へと身体を寄せた。

初めて、自分から耀の唇を素直に求めた……。

道は辛うじて除雪してあるものの、舞う雪に惑わされてハンドル操作を少しでも誤れば、車は樹木も疎らな横の急斜面をどこまでも滑り落ちていくに違いなかった。谷底には、川が見えた。

蛇行する山道の、奥まったところにその別荘はあった。

こぢんまりとしたバンガロー風の造りだ。耀の説明によると、いまは雪を被っているから見えないが、屋根は明るい空色をしているらしい。

ここは耀の父方の実家が所有している別荘で、葛城家は日本各地に大小合わせて十数軒の別荘を所有しているのだそうだ。

別荘には管理人を雇っていて、ときどき掃除をして空気を入れ換えたり、いざ使うときに不備がないようにと最低限のメンテナンスはされているという。

実際、使われていない家特有の匂いはするものの、電気は点くし、湯もきちんと出た。タオルや寝具関係も整っていて、滞在するのに不便はなさそうだった。暖炉《だんろ》にくべるための薪《まき》まで用意してある。

……この別荘は、雪弥が子供のころ「僕たちの別荘」と耀のスケッチブックに描いたものと、どこか似ていた。要するに、ありがちなスタイルの別荘だった。二十畳ほどのリビングダイニングは天井までの吹き抜けで、広いロフトがあり、そこが寝室になっている。

雪弥は体内の玩具を抜かれ、きちんと服を着たまま、どこも拘束されずに過ごすことを許された。

朝のマンションでの殺伐《さつばつ》とした空気は、ここに至るまでの道のりでこそげ落とされたかのようだった。

しかも「僕たちの別荘」にいるせいなのか、子供のころのような空気がふたりのあいだを満たしはじめていた。

耀も雪弥もひとり暮らしをしてきて料理は不自由ない程度にはできるので、食材や調味料、調理器具などを手渡し合いながら並んで台所に立った。一枚だけ置いてあったエプロンは雪弥がつけさせられた。それは真っ白な布でできていて、胸元や裾に清楚《せいそ》なフリルが施されている。雪弥はそのエプロンをするのを嫌がったけれども、耀は嫌がっている姿も含めて愉しんでいるようだった。

押入れには、ボードゲームやらテニスラケットやら、さまざまなものが詰めこまれていた。子供連れでここを使った葛城の家の者が置いていったのだろう画用紙と色鉛筆を、耀は取り出してきた。

風呂上がりのパジャマ姿、電気を消し、大きなクッションを腹の下に敷いてラグのうえに腹這いになった。暖炉から溢れるピカピカした光を浴びながら、小学生のころよくそうしたように、ふたりで家の絵を描いた。

雪弥がフリーハンドなりに本格的な間取り図やデザインを描くのを、耀は感心した様子で覗きこむ。

しかし初めの日こそ大人らしいまともな家を描いていたものの、それが子供っぽい奔放《ほんぽう》なものになるのにそう時間はかからなかった。

三日目の晩、ふたりは画用紙のうえで額を突き合わせるようにしていた。

「俺は、この三階の東の角部屋がいいな」

「僕もそこがよかったんだけど……仕方ないなぁ。じゃあ、僕は二階の真ん中の部屋にする。半円形のテラスついてるし」

「それは、ずるくないか？　俺のところにもテラスをつけろ」

「そんなテラスだらけの家なんて変だよ」

「いいだろ。もう面倒だから、全部テラスつけるぞ」

「あっ！」

「ついでだから、このテラスからこう階段つけて、俺の部屋から雪弥の部屋に直行だ」

気がつくと、三階建ての家はガウディもびっくりの奇妙な軟体動物のような有り様になっていた。耀は赤い色鉛筆を使い、雪弥は青い色鉛筆を使ったから、入り乱れた描線は紫色になる。

こんな変なかたちの紫色の建物に住むのはちょっと嫌だという結論に至る。

アルコールも入っていないのに、二十七歳の大人がふたり、小学生のように画用紙を奪い合って、珍妙を競う。床に突っ伏して笑いながら、雪弥はわかっていた。

こうやって、自分も耀も、懸命に目を背けているのだ。

この建物を埋めるように降りつづけている雪から。

自分の身に巣食う、自分でもわからない部分から。

けれど現実に、厭《いと》わしい雪は確実に雪弥を包囲していっている。

耀のなかでは、皓がいまも息づいている。

今夜も笑い疲れて、暖炉の火を消し、ギシギシ鳴る梯子《はしご》を使ってロフトへと上る。

ダブルベッドに並んで身を横たえる。もぞもぞと、微妙な距離で寝返りを打つ。

ここに来てから、耀とはなにもしていなかった。キスのひとつも、していない。それは多分、あの頃の自分たちがそんなことをできなかったように。

耀がなにげないようにもう一度寝返りを打って、腕を雪弥へと投げ出してきた。布団のなか、雪弥の指先に、耀の指先がぶつかる。

どきりとする。

目を閉じて眠っているようにしながら、雪弥はわずかに指先を動かした。そうすると、耀もまたかすかに指を動かす。それに応えるように、また少し雪弥は指先で耀の指先を擦る。耀もまた、擦り返してくる。

ほんの指先の戯れを、笑えるほど真剣に、繰り返している。

と、ふいに耀の指先が消えた。失意に、雪弥は思わず目を開いた。目を開いたのと同時に、手を大きな熱い手にグッと握りこまれる。

「あの頃、毎晩、こんなふうに雪弥が泊まっていけばいいと思ってた」

雪弥へと横倒しに身体を向けている耀の瞳が、薄闇越しに見詰めてくる。

「本当に、一晩も欠かさずに、そう思ってたんだ」

迷惑がられたくないからと、九時には真っ暗な家に戻っていた子供の自分の頑なさ――それが精一杯の幸せの守り方だった。

耀の家の隣に引っ越す前の生活に戻るのが、なによりも怖かった。

なにを話しかけても、まったく聞こえないように振る舞う母親。テーブルのうえに置かれた、ビニール袋に入った半斤の食パン。それが自分が食べるごとに一枚ずつなくなっていく。ぜんぶ食べ終わってしまったら、次の食パンが置かれるまで何日かかるかわからない。

笑顔が下手な陰気な子供は、幼稚園でも小学校でも、ひとりぼっちだった。母親にすら目を見てもらえない自分だ。他人に構われる価値などあるはずがない。そう思いこんでいたから、たまに話しかけられても、ただ顔を引き攣らせて萎縮するばかりだった。

そんな飢えきった心と身体に与えられた、温かな友達の手と、温かな食事。

どうしても失いたくなかった。

だから一生懸命考えて、少しでも嫌われないためのルールを自分で作ったのだ。決して、耀の家には泊まらないというルールを。

「雪弥は変に頑固《がんこ》だから、俺はいつも歯痒《はがゆ》くて――思いどおりになってくれないって、腹を立ててた」

でも、たぶん、そのルールは間違っていたのだ。

「こんなに好きで好きでたまらないのに、どうして俺とずっと一緒にいてくれないのかって、思ってた」

握られている手が、痛い。

耀がゆっくりと、身体をずらしてくる。

……もしも小学生のころ、ルールを棄てて、耀の家に泊まって彼の隣に横たわっていたなら、きっと子供の耀はこんなふうに自分の手を握ったのだろう。

そして。

こんなふうに、ぎこちないキスをしたのだろう。重ねるのだけで精一杯のキス。

——そうしたら、なにもかも違っていたのかもしれない。

耀はあんなふうに何人もの女の子といい加減に付き合うようなことはしなかったのかもしれない。

一家で姿を消したとき、雪弥にも事情を打ち明けてくれたのかもしれない。

耀は自分を無理やり犯したりしなかったのかもしれない。

もっと違う十一年間を、送れたのかもしれない。

自分の臆病さによって失われた過去は、もしかすると、このうえなく幸せな色合いのものだったのではないだろうか？

「……ごめん。嫌だったか？」

うろたえたように耀が訊いてくる。

こめかみを濡らす涙を、掌で拭われた。


「よく晴れてるな」

耀が雨戸を開けて、言う。

とても冷たいけれども、ほのかな陽の気配がする風がソファでコーヒーを飲んでいる雪弥の黒髪を撫でる。

木々に積もった雪はうららかな陽射しに溶け崩れているらしい。

あちらこちらから雪が落ちる音が聞こえる。

「なぁ、雪弥。あとで外に付き合ってくれないか？　すぐそこなんだが、行きたい場所があるんだ」

雪弥の横に腰掛けながら、耀が言ってくる。

相手の体温が空気越しに伝わってくる距離。少し顔を赤らめながら、雪弥はわずかに眉を曇らせた。正直、雪塗れの外界に行くのは気が進まない。

「すぐそこって、歩いて行ける距離なのか？」

「ああ。十分もあれば着くかな」

「でも、雪も溶けかけてるし、道はグチャグチャなんじゃないか？」

「それなら、靴箱に長靴が置いてあったから、それを履《は》けばいい」

どうやら拒否権はないらしい。

和食で軽くブランチを済ませてから、雪弥は耀とともにバンガローから外に出た。

——眩しい。

銀世界いっぱいに宿っている、光の粒。太陽そのものより、雪に反射する光のほうが目に痛い。

思いっきり目を眇めると、耀が手を伸ばしてきた。

雪弥のコートのフードを摑み、それをぱさりと頭に被せる。縁に毛皮のついたフードは大きくて、雪弥の視界は一気に狭まった。二の腕を摑まれる。

「足元だけ見てろ。俺が引っ張ってくから」

強引に連れ出した手前、気を遣ってくれているらしい。

雪弥は強張る口元で、小さく笑う。

「別に、雪恐怖症とかじゃない……苦手なだけで」

「ああ。わかってる」

歩きだす。

そういえば子供のころもよくこんなふうに二の腕を摑まれていたな、と雪弥は思い出す。それを口に出してみると、耀が言う。

「腕を摑んでると、いざというときいいだろ？」

「いざというとき？　……っ」

耀へと顔を上げたとたん、長靴が緩んだ雪にずるっと滑って、雪弥はバランスを崩した。二の腕を強い力でぐいと引かれる。お陰で転倒を免れた。

「だから、こういうとき。手を繋いでるより、よっぽど確実に雪弥を守れる」

なるほど、と思う。

小学二年で耀と出会ったばかりのころの雪弥は、栄養失調の猫の仔みたいに足腰が頼りなかった。それで転ぶことが多かったのだ。活発な耀に合わせようとすると、なおさら、下手なコントのようによく転んだ。

「雪弥は本当にヘナヘナだったからな。たまにイライラして、負ぶってやりたくなった」

「お荷物で悪かったね」

「本当は、もう少し素直にお荷物になってほしかったんだけどな」

「……」

そのあとはもう足を滑らせることもなく、雪弥は歩きつづけた。

着いた場所は、裸の樹木にぐるりと囲まれた楕円形の雪原だった。

「ここは？」

フードの下から耀を見る。

まるで凍りついたように、耀は瞬きもせずに佇んでいる。白い地の放つ反射光に、彼の髪と瞳はいつにも増して赤みがかって見えた。

長い沈黙ののち、掠れた声が呟いた。

「ここは、湖なんだ」

雪弥は改めて雪原に目をやり、この楕円形の空間の下に湖が横たわっているのだと理解する。氷が張って、そのうえに雪が積もっているのだ。

と、雪弥の二の腕を摑んでいた耀の手が、たどたどしい動きで肘へと伝った。そのまま手首へと落ちる。手袋越しに掌を探られる。

強く。

驚くほど強く手を握られた。

それで、雪弥にはわかった。

——……ここ、なんだ。

十一年前、ここでなにかが起きたのだ。

耀の心を破壊するほどの、なにかが。

そして、おそらく皓はここで生まれた。

心臓がぶるっと震えて、雪弥もまた耀の手をきつく握った。

「だいじょうぶ……」

その言葉に説得力などないとわかっていながら、言わずにはいられなかった。

「耀、大丈夫だよ」

雪原へと向けられている、瞳孔の開ききった瞳。それはいま、どんな情景を見ているのだろうか？

『お前が生まれたのがどこかは見当がつく――――そこで、消してやる』

――どんな方法で、皓を消すつもりなんだ？

それを考えようとすると、なぜか繫いでいる耀の手が失われてしまうような切羽詰まった不安が津波のように押し寄せてきた。

――嫌だ……。

背筋を走りまわる寒気が耐え難いものになっていく。

――僕は、耀を失いたくない。もう二度と、失いたくない。

雪弥は繫いだ手を強く引いた。

「帰ろう」

叱るような懇願するような声で言いながら、手を引く。

耀がひとつ瞬きをして、雪弥へと視線を向けてきた。狂おしいまでに見詰めてくる。

雪弥はフードを頭から払い除け、耀へと顔を晒した。

自分の顔が寒さのせいばかりでなく蒼褪《あおざ》めているのがわかった。

「帰るよ？　いいね」

踵《きびす》を返して、耀の手を引っ張り、歩きだす。

耀もまた引かれるままに、歩きだす。

「ありがとう、雪弥」

雪弥の背後で、耀が虚ろに呟く。

「ここまで付き合ってくれて、ありがとうな…」


五日目の朝、雪弥は雨戸が壊れそうな勢いで叩かれる音で目を覚ました。吹雪《ふぶき》だ。

壁一枚を隔てても、厭わしい雪の存在を感じる。

雪弥は思わず、寝ているあいだ繋いだままだった耀の手をギュッと握った。握って、眉をひそめる。異様に熱をもっている掌。

「耀？」

雪弥は起き上がって、耀の顔を覗きこんだ。

酷い顔色をしている。まるで凍えているかのように、紫がかった唇。

寝乱れた前髪を払って額に手を当ててみる。

――熱だ。すごく高い。

昨日、湖への外出から戻ってきてからというもの、耀は食事もろくに取らず、うつらうつらとしていた。あの時点で体調が悪かったに違いない。

「耀、大丈夫か？　体温計とか解熱剤とか、どこに……」

熱で魘されている耀に訊くのは無理そうだった。

雪弥はベッド脇の収納から毛布を取り出して、掛け布団のうえに何枚も重ねた。それから梯子を下りると、風呂場から盥《たらい》を持ち出し、それに水を張った。ロフトに戻って、タオルを水に浸けて、絞る。熱い耀の額にそれを載せる。

「いま薬を探して……医者のほうがいいかな……ちょっと、待っててくれ」

梯子をふたたび下りながら、雪弥は動転しきっている自分をふっと自覚した。

我がことながら、人が目の前で轢かれても平然としていたのと同一人物とはとても思えない反応だ。いまとなっては逆にあの頃の感情回路が停止した状態のほうこそ不思議だった。どれほど自分は心を凍らせていたものか。

台所や押入れを探したが、救急箱らしきものは見当たらない。

いっそ救急車を呼ぼうかと電話機のところに行き、そこにメモ帳が置かれていることに気づく。剝き出しの一枚目に、管理人連絡先、と書かれている。

——ここに連絡して、最寄りの病院を紹介してもらおう。

電話をかけると、三コールで、回線が通じる。

「早朝に、申し訳ありません。別荘に滞在している葛城の家の者ですが……」

『ああ。葛城様のところの。どうなさいましたか？』

初老らしい、まろやかな女性の声が返ってくる。

「実は、高熱を出してしまった者がいまして、救急箱がどこにあるのかと、最寄りの病院を教えていただけませんか？」

あら、それはいけませんね、と心配そうな声で、彼女は救急箱が洗面所の棚のまんなかの段にあることと、車で十五分ほどのところにある診療所を教えてくれた。もう少ししたら、雪の降りが治まるはずだから、頃合いを見て車を出したほうがいいとアドバイスされる。

救急箱は言われた場所にあった。その木箱から体温計と解熱剤を取り出し、コップと水差しをかかえてベッドに向かう。

とりあえず朦朧としている耀になんとか薬を飲ませる。唇に体温計を咥えさせると、みるみるうちにデジタルの数字が跳ね上がっていく。三十九度八分だ。

雪弥は一階に下りて、玄関を開けた。

細く開けただけなのに、ビュッと音をたてて雪が吹きこんできた。顔に結晶がこびりつくのに、眉根を寄せる。

……白の濃淡だけの空間。風までもが雪で描かれている。

嫌悪感に鳥肌を立てながらも、雪弥はあたりを見まわした。除雪車が通った跡があり、道は確認できた。

ベタベタとへばりつく雪に気分が悪くなってくる。胸も苦しくなってきて、ドアを閉める。

あの雪だらけのなかを、耀を連れて車を運転していかなくてはならないのだ。それはかなり勇気のいることだった。

手で髪や顔を乱暴に払う。足元では雪がぐっしょりと溶けている。

——……耀が苦しんでるんだ。雪なんて、なんでもない。

それから一時間後、管理人の女性が言ったとおり、吹雪はいくぶん力を弱めた。

雪弥は身体の大きな耀を、かなり苦労しながら一階へと下ろした。震えている彼にダウンのロングコートを着せ、さらに頭からすっぽり厚手の毛布を被せる。抱きつくようにして耀の身体を支えて、玄関から出る。

耀を助手席に乗せ、自分は運転席に滑りこむ。

職業柄、パトカーで運転には慣れていたが、雪道のうえに車両感覚が掴みにくい左ハンドルの車。道は辛うじて対向車がすれ違えるぐらいの幅で、片側は急斜面だ。

ライトが照らすものは、雪ばかり。

運転に対する緊張と、雪に対する嫌悪感で、掌はすぐにぬるりと汗をかく。それを何度も服で拭って、雪弥は曲がりくねる坂道を徐行運転で下りていった。ハンドルは重く、タイヤは何度もズズズと雪で滑った。

そんななか、横から聞こえる耀の苦しげな呼吸音だけが、雪弥の気力を繋ぎとめていた。

自動車で十五分と教えられた道を倍以上かけて、雪弥は小さな診療所の駐車場に車を停めた。

エンジンを切った瞬間、身体中の力が抜けた。膝も腕もガクガクしている。

かなりげっそりしていたらしく、受付の看護師に「あなたも、どこか具合が悪いの？」と訊かれてしまった。

「急性肺炎だね。連れて来て正解だったよ。今日はうちの病院で様子を見よう」

頭に白いものが混じる壮年の医師は、そう言ってカルテをじっと見た。人のよさそうな垂れぎみの眉がひょいと上げられる。

「葛城……葛城耀、どこかで――ああ、あの子か！」

急に医師が大声を出したのに、雪弥は目を瞬いた。

この土地の医師が葛城耀の名前に反応したということは……水を向けてみる。

「あれから、もう十一年ですね」

医師は計算するように宙を眺めた。

「あれは私が三十九歳のときのことだったから、そうだな。確かに十一年になる。いやはや、少年が大人にもなるわけだ……君は彼の友人かな？」

「親戚の者です。その節は、お世話になりました」

そう偽って、頭を丁寧に下げる。

友人では教えてもらえないことでも、親族だと申告すれば、けっこう込み入った話まで聞き出せるものだ。

「いやいや。私も長く医者をやってるが、あれほど悲惨なものはなかったよ。十六歳の子が自分の両親の自殺現場を発見したときの気持ちはどんなだったろうかね。自動車の窓ガラスを石を握った素手で叩き割ったから、彼の手も血だらけだった。ショックのあまり、失語症にかかっていたっけ」

「……現場は、どちらのほうで？」

「葛城さんの別荘からさらに少し奥にある小さな湖の畔《ほとり》だ。ちょうど紅葉の時分だったから山は燃えるようで、落葉が降りしきっていて——」

耀の両親は、ガムテープで車を内部から密閉し、練炭自殺を図ったのだという。

早朝の出来事だった。

その日、目を覚ました耀は別荘内に家族の姿がないことに気づく。別荘の窓から顔を出して、父さん母さんと繰り返し呼んだりしたのだろう。応えはなく、耀は別荘を飛び出す。車がなくなっている。

両親が練炭を買いこんでいたことを、耀は知っていたのだろうか？

不安に駆られて、さらに声を大きくして親を呼ぶ。

そして、別荘からほど近い場所にひっそりとある湖を思い出す。そこへと、懸命に走る。

まだ青みのある朝の空気のなか、紅葉に彩られた山とそれを映す水面《みなも》、その景色を愉しむかのように停められた一台の車。それに駆け寄るとき、耀の胸にあったのは、親を見つけた安堵だったのだろうか。あるいは、不吉な恐怖だったのだろうか。

縋るように、ウインドウを覗きこむ。

愛しい人たちは、まるで眠るように——。

「母親のほうは植物状態で、うちから都心の病院に移されていった。半月後ぐらいに亡くなられたんだったかな？」

確認するように言われて、雪弥は「ええ、そうでした」と返しておく。

白衣の肩の力を緩めて、医師がひとり言のように呟く。

「まぁ、癌《がん》も末期だったそうだから、意識を取り戻さずに逝《い》けたのなら、それはそれで苦しまずにすんだとも言えるか……」


朝の吹雪が嘘のように、午後になると雪は降ったりやんだりを繰り返した。

いま、窓の向こうでは粉雪が舞っている。

病院の二階に設《しつら》えられた入院患者用のベッドに、耀は横たわっている。点滴を打ってもらったお陰か、顔色はだいぶいい。

雪弥はベッドの横に置かれた椅子に座って、眠る男を見守っていた。

――早く、この土地を離れよう……。

ぼんやりと、そう思う。

――耀が目を覚ましたら、すぐにこの土地を離れるんだ。東京に戻って、もう二度と耀をここには来させない。

「……ん…」

小さな呻き声。鮮やかな眉が寄せられる。毛布を押し退けるようにして腕が投げ出される。病院から貸し出された青い患者衣、その袖口から伸びる腕に雪弥はそっと手をかけた。

「耀」

呼びかけて、軽く腕を揺らす。

うう…とふたたび呻いてから、彼はゆっくりと睫を上げた。

「気がついたんだね。よか……」

自分を見詰める眼差し。それは耀のものではない。

「……皓？」

尋ねるように呼びかけると、彼は力ない笑みを唇に浮かべた。

「ようやく、出てこられた……」

このタイミングでの皓の出現がよいものなのか悪いものなのか判断できないまま、雪弥は身体を起こそうとする皓に手を貸した。ヘッドボードと背中のあいだに枕を入れてやって椅子に戻ろうとすると、腰を優しく抱かれて、ベッドへと留められた。

「雪弥」

弱い声が囁いてくる。まだ熱っぽい胸に深く抱き寄せられる。

皓に触れられることに拒否感は起こらない。それは肉体が耀のものだからなのか、それとも皓自身に気持ちを許しているからなのか、雪弥にもわからなかった。

ただ、耀が皓を消したいと強く願っているいま、胸が激しく軋む。

「耀は、本気で俺という存在を消したいらしいね」

皓が小声で言う……まるで自分のなかの耀を起こすまいとしているかのような、ひそやかな声だ。

「彼は、あの別荘に行ってから、ほとんど一睡もしないで過ごしてた。眠ったら、俺に身体を乗っ取られると思ったんだろうね。心身の疲労が募って、体調を崩したんだろう」

皓の手が肩を撫でてくる。

——……これは、耀が嫌がることだ。

心地よさに目を細めそうになってしまって、はたと思い出す。雪弥はやんわりと皓の腕から身を引いた。ベッドから椅子へと移動して、皓と距離をとる。

「雪弥、君は誠実な、いい恋人だね」

微苦笑を浮かべて、皓が呟く。

「君に想われてる耀が、羨ましい。憎らしいほど羨ましいよ」

「……その言い方だと、まるで君が耀の一部じゃないみたいだ」

わずかにおどけた口調で雪弥はそう返す。

正視するのが嫌で目を背けてきたことを、いま目の前に突きつけられていた。

果たして、『消える』ということは、皓にとってどういうことを意味するのだろう？

「耀は君のときの記憶がないけど、君は耀のときの記憶も持ってる。それなら耀は君でないけど、君は耀でもあるんじゃないか？」

皓が耀とはまったく別の人格であることは、接触してきた雪弥にはよくわかっていた。

それでも、別の存在とは思いたくなかった。

「君は耀なんだろう？」

もし皓が耀でないとすると、消滅は皓にとって死に等しいのではないか。

皓が彼らしくない、苦い顔をした。そして問い返してくる。

「でも、君が想っているのは、俺ではなくて、耀だろう？」

「それは……」

「同じだと言うなら、耀に抱かれるように俺に抱かれることもできるのかい？」

「……」

自分の顔が強張り、蒼褪めるのがわかった。

そんな追い詰められた雪弥を見て、皓が自省の表情を浮かべる。

「……いや、客観的に見たら、雪弥の言うとおりなのかもしれない。俺は、耀の意識に立った漣《さざなみ》みたいなものだ。たまたま漣というかたちを得て、個別の意識を持っただけだ。だから、かたちを失うのは、元に戻るだけのことなのかもしれない。俺は、耀なのかもしれない」

自分自身に言い聞かせるような言い方。

そして同時に、それは雪弥の気持ちを楽にしてくれるための言葉だった。

痛々しいまでの彼の優しさに、雪弥は情けなくなり、重くこうべを垂れた。

「そんなことを言わせて、ごめん。皓は耀とは違うんだろうって、本当は感じてたのに」

窓ガラスから伝播《でんぱ》する外の凍えた大気が、骨にまで沁みてくるようだった。

音という音が雪に吸いこまれる沈黙ののち、皓が静かな声で言った。

「耀は、全部のケリをつけるためにここに来たんだ。俺という存在を消し、雪弥を自分から解放したがってる……文字どおり、命懸けでね。その前に綺麗な蜜月をあの別荘で過ごしたわけだ」

　雪弥はおそるおそる視線を上げた。

「僕を、解放する？　命懸けって……」

「彼は親がしたのと同じことをしようとしてる。そうすれば、当然、俺という存在も消えるし、雪弥は元の生活に戻れる」

「な……」

　雪弥は思わず椅子から立ち上がった。

「なんで、そういうことになるんだ？　僕の気持ちは、どうなる？」

　皓は雪弥を見上げて、薄く笑った。

「耀は、君が仕方なく自分に付き合ってると思いこんでる。俺からはちゃんと雪弥の想いが見えるのに、耀にはそれが見えていないんだ」

「……」

「でも、そう思いこむのも無理はないか。君に酷いことばかりしてきたからね。十一年前、君を犯してあれだけ後悔したのに、再会したとたんまた歯止めが利かなくなった。君を汚しては後悔して、その度ごとに彼のなかの破綻《はたん》は大きくなっていった」

　雪弥は皓を凝視する。

「破綻って――耀を修復するために、皓は僕を耀と一緒にいさせたんじゃ……」

昏《くら》い眸《ひとみ》で皓が見返してくる。

「半分はそのつもりだったけれど、半分は違っていたんだ。いまの耀はもうボロボロだよ。このまま、俺がこの身体を乗っ取ってしまえるぐらいにね」

背筋が凍りつく。

「乗っ取る？」

「俺もまた、この身体に宿った人格だ。その権利はある」

すっと皓が手を伸ばしてくる。手首を摑まれて、雪弥はビクッと身を竦めた。

皓が耀の身体を奪う。

それを耀は疑っていたけれども、雪弥はあり得ないことと決めつけていた。

「……め、だ」

呆然としたのち、厳しい声音で言う。

「それだけは、駄目だ」

「駄目、か」

ふっと目を細め、皓が哀しげな微笑を浮かべる。そして、握っている雪弥の手首を少し強い力で引いた。膝が震えていた雪弥は簡単にバランスを崩してベッドにどさりと身体を倒される。

仰向けにされた身体に皓が覆い被さってくる。脚のあいだに腿を押しこまれて、雪弥は目を見開いた。

「こ……皓？」

セーターの裾からするりと男の手が入ってくる。肌の下の筋肉や肋骨《ろっこつ》の感触まで味わうように丁寧に辿られる。ぞくりと身体に電流が走って、雪弥は皓を押し退けようとした。とたんに、皓の手が一気に胸まで突き入れられた。

「あっ」

「雪弥はこんなふうに、小刻みに爪でいじられるのが、好きだね？」

「い、やだっ、やめろっ」

「身体中ビクビクさせて、可愛いね」

耳の下をねっとりと舐められて、雪弥は皓の腰を挟むかたちで膝を立て、脚を強張らせた。

乳首を嬲られたまま、片方の手が雪弥の尻の下に潜りこむ。カーゴパンツの布越しに、尾骶骨をコリコリと擦り上げられる。

「腰が跳ねてる。もう何日もしてないから、堪えられないのかな？」

「皓、なんで、急に……く、ふ」

雪弥の下腹部に、皓が腰を重ねてくる。そこには露骨な硬さがあった。

「雪弥、一度だけでいい。俺のものになってくれ」

滾ったものに性器を擦られて、雪弥は呼吸を大きく乱した。

「皓の、って？」

「雪弥を抱かせてくれたら、俺は消えてあげよう。この肉体は耀に返す」

「……」

「言うことを聞いてくれないなら、この肉体は、俺が貰う」

優しく微笑んでいるけれども、皓の瞳には険しい色があった。自身の存在を賭《か》けての脅迫。

混乱したまま答えを出せないでいると、皓は尾骶骨を遊んでいたほうの手を雪弥の下腹部に流してきた。布越しに性器を握りこまれて、雪弥は声をあげようと唇を開く。その唇を、押し包むように唇で塞がれる。

とっさに皓の喉元に手を差しこんで、絞めるようにした。唇が離れる。

皓が小首を傾げるようにして見下ろしてくる。

「拒否していいのかい？」

ゆるやかな声に確認される。

拒否すれば、皓がこの肉体の主となり、耀は永遠に封印されてしまうのかもしれない。

――そんなこと……。

そんな選択を、自分ができるはずがなかった。皓の喉元から手が剝がれ落ちる。

「君は本当にいい子だ、雪弥」

憐れむような愛おしむような、どこか痛いような表情で囁くと、皓は雪弥の下腹のジッパーを下ろした。下着の前を掻き分けて、小用を足すときのようにそれを取り出す。

「少し、感じてしまったみたいだね」

火照りを帯びて芯を持っている茎をやわやわと揉みしだかれる。胸を掌で円を描くように撫でられている。乳首がくにくにと掌に踊らされる。

耀の手だけれども、耀とは明らかに愛撫の仕方が違う。まどろこしい方法で欲情を育てられる。完全に勃起したころには、皓の手指は透明な蜜に塗れていた。

「夢みたいだ。この手触り……俺に触られて、こんなに濡れてくれてる」

混乱したまま、身体は快楽を覚えてしまっていた。

とても自分の身体に初めて触っているとは思えない、弱みを知りつくした愛撫に雪弥の身体は幾度ものたうった。

痺れる下肢から衣類を引き抜かれる。

腿を押し開かれる。

皓の手が脚のあいだに入ってくる。双丘を指で割り拡げられた。熱い下半身を余すところなく曝け出させられる。

耀でない男に熱心に秘部を眺められている。緊張にわななく蕾を、そっと指先で乱された。弱い襞を丹念に解される。雪弥のなかに入ってきた指は、あまりにも的確に快楽のしこりを弄《いじ》ってきた。

「いっ、ぁ、ああ」

皓の指に押し出されるように大きな声を出してしまって、雪弥は慌てて自分の口を掌で塞いだ。下の階には医師と看護師がいるのだ。脚をしきりに動かして、爪先でシーツを掻き乱す。

快楽に耐えている雪弥の下腹部に、皓が顔を埋めた。

濡れた口腔に、敏感な器官を咥えこまれる。ねっとりとした粘膜の感触。舌が裏のラインをくにゅりと包みこむ。

後孔の襞を引き伸ばして、もう一本の指が入ってくる。

「ふっ……っ、んー……」

前と後ろを同時に愛されて、雪弥は何度も果てそうになった。けれども果てそうになるたびに、愛撫が止まる。

「君の身体のことは、耀に抱かれるのを見ていたから、よくわかってる。でも、こんなにまでいやらしい感触だなんて、想像もつかなかった」

言葉とともに感歎《かんたん》の溜め息を吹きかけられて、性器の先がピクピクと震える。新たな蜜が溢れる。

「ここに挿入したら、どんななんだろう？」

指が体内から抜かれた。皓が下着を下ろし、患者衣の前を割って雄を握り出す。ぬるりと濡れて屹立するそれは何度も受け入れたことがあるはずなのに、いまは別人のもののように雪弥の目には映った。

脚をかかえ上げられる。

皓が圧しかかってくる。

体内に硬いものがめりこんできた瞬間、雪弥はきつく目を閉じた。

これは耀を助けるための行為だ。拒絶しようのないことだったのだ。いま自分を犯している身体自体は、耀のものなのだ。そう必死に言い訳しながらも、耀以外の存在とセックスしている事実に心が切り裂かれる。

込み上げてくる嗚咽《おえつ》を噛み殺していると、皓が先端だけ挿した状態で動きを止めた。

「雪弥――泣いてるのか？」

顎を掬われ、横にきつく背けていた顔を上げさせられる。涙に歪む視界のなか、皓がひどく心を痛めた顔をする。何度も優しい手つきで頬を拭われる。それでも、涙は止まらなかった。

「そんなに、俺に抱かれるのが嫌かい？」

「……君は、耀じゃない」

「そうだよ。俺は耀じゃない」

「僕が愛してるのは――耀だ」

「……」

深い溜め息を、皓がゆっくりとついた。同時に、下半身から圧迫感が去る。脚がそっとシーツへと下ろされる。

皓が衣類を正すのを見て、雪弥は慌てて飛び起きた。これでは、耀が戻ってこられなくなってしまう。

「ま、待ってくれ。していいから」

「服を着るといい」

「皓……」

「早く、着てくれ。そんな格好をされていると、俺がつらい」

苦い顔で視線を逸らされて、雪弥は従った。ベッドの端に投げられていた下着とカーゴパンツを身につける。

ベッドに腰掛けるかたちで俯いていた皓が、ようやく顔を上げた。近い距離にある、沈んだ色の瞳。唐突に、問われた。

「雪弥、君は俺が……『皓』という人格がいつどうしてできたか、知らないね？」

情事の名残に息を詰まらせながら、雪弥は答えた。

「さっき、ここの医師が言ってた、十一年前にあの湖の畔で耀の両親が自殺を図ったときだろう？　それがつらすぎて、乖離したんじゃないのか？」

「耀自身も、そう勘違いしてる」

「え？」

皓はそっと手を上げると、長い指で雪弥の乱れた髪を梳《す》いた。

「確かに両親のことで耀の精神はギリギリのところまで不安定になってたんだろう。感情が昂ぶると言葉が出なくなる失語症の症状も残っていた。母親が東京の病院で息を引き取って、養父となった父方の伯父が勝手に決めたアメリカ留学も迫っていた……葛城の家は、君も知っているとおり、そこそこの企業グループだからね。耀は経営者になるための一流の教育を受けることになったんだ――」

そして、耀は渡米する前日の夜、監視の目を盗んで、雪弥のところに来たのだという。あの、冬の晩のことだ。

耀は混乱と焦燥感のなか、言葉を失ったまま、ずっと堪えていた想いを爆発させた。

無我夢中で幼馴染を求め、我に返ったときは、すでに雪弥は自分の下でボロボロになっていた。自分のしてしまったことに呆然として、雪弥の部屋を飛び出し……。

「そして、真夜中の道路を彷徨っているときに、俺が生まれた。雪弥を大切にする、雪弥に怖がられない存在として、耀のなかに生み出されたんだ」

愛おしむ指で、額を撫でられる。

「俺は、十一年前のその日、気がついたら存在していた。そして、存在した瞬間から、直接は会っていない君に恋していた。去年の秋に帰国して初めて君を見たとき、泣きたい気持ちになったよ……こんな不確かなかたちでも、この世に存在できたことを感謝した」

捧げられる言葉が、あまりにも直截《ちょくせつ》、胸に響いてくる。

皓が彼らしいやわらかな笑みを浮かべた。そして、言う。

「この肉体は、耀に返す。俺は消えるよ」

「え……」

確かに、自分は耀が帰ってくることを一番に望んでいる。

でもそれは皓という存在が消滅することを願うのとは意味が違うのだ。

「待ってくれ。それはいま出さなくてもいい答えなんじゃないか？　僕も耀にできるだけ説明するし、もうしばらくこのままで様子を――」

言葉を留める仕草、皓の人差し指が雪弥の唇に当てられる。

「違うんだ。これ以上、耐えられないんだよ……俺は、耀のことが羨ましかった。雪弥を好きなように愛して、愛させて。この肉体のなかに閉じこめられてそれを見せられているとき、本当に消えてしまいたいほど苦しかった。俺は、彼を憎んでいたのかもしれない。彼の心が破綻していくのを、どこかで喜んでいたのかもしれない」

「皓……」

その苦しみの種類を、雪弥は理解できる気がした。

高校生のころ、昼休みに耀が女の子とキスするのを目撃したことがあった。あの時、心も身体もバラバラになりそうなほど苦しかった。

逃げることを許されないまま、皓はあの苦しみを、あれよりももっと強烈な苦しみを繰り返し味わったのだろう。

「だから、俺はもう存在していたくないんだ」

そして苦しみながらも、自分と耀を繋いでくれたのだ。

「わかってくれるね？　雪弥」

皓がいなければ、自分は耀をふたたび近くに感じることはできなかっただろう。

雪弥は彼に身を寄せ、その広い背中に手を回した。

抱き締める。

抱き締めながら、彼の首筋を苦しい涙で濡らした。

「耀はいま弱りきってるから、俺の意識が消えたら、しばらくは起きないだろう……でも、かならず目を覚ますから、待っていてあげてくれ」

まるで、雪弥の涙が止まるのを待ってくれていたかのように、皓はそう言った。

雪弥は頷いて、縁の赤くなった目を上げた。

皓の手が、宥めるように頬を撫でてくる。

「……眠くなってきたよ」

本当に眠たそうに、皓の瞼が伏せがちになっていく。

上体はすでに重く雪弥に凭れかかっていた。

「雪弥に、眠らせてほしい」

呂律のあやしくなった声に乞《こ》われる。

喉に焼けた鉛の塊が詰まっているようだった。

皓をもう一度きつくきつく抱き締めてから、雪弥は彼の身体を横たえさせた。

ベッドの端に腰掛けて、彼の肩口まで毛布をかける。

その毛布の端から手を出して、皓が雪弥の手を探す。

それを握り締めると、うっとりとした表情で皓が呟いた。

「雪弥、おやすみ」

喉の奥の熱い塊が、いまにも爆発しそうで。

雪弥はそっと、皓のうえへと身体を伏せた。彼の耳元に唇を寄せる。

震える唇で、できる限りの優しい声、寝かしつける言葉を贈る。

「――おやすみ、皓」

雪弥の手のなかで、皓の手がふっと力を失った。

窓の外では、さらさら、さらさらと、止め処なく粉雪が降りしきる。

# 6

「せっかくの休日に、手伝ってもらってすみませんでした」

「気にするなって。それにしても、本当に持ち物少ないなぁ」

最後のダンボール箱を部屋に運び入れながら、保高が言う。

「そうですね」

雪弥は八畳間のワンルームに詰まれたダンボール箱を眺めて、頷いた。警察の独身寮に五年ほど入っていたが、そのあいだに増えた荷物はわずかなものだった。

「これからは、少しずつ増えていくと思います……きっと」

「ああ、そうしろ」

保高がニッと笑って、肩を竦める。

「けど、俺はお前をギチギチ扱《しご》いて、一丁前のパートナーに育てあげるつもりだったんだぞ」

「急な辞職で、ご迷惑をおかけしました」

「バカ。頭なんて下げるな。身体の問題じゃ仕方ねぇだろ。刑事なんて体力勝負だからな」

雪弥は、軽井沢から戻ってすぐに、職場に辞表を出した。

はっきり警察を辞めると決断したのは帰京の新幹線でだったが、答えはその前にすでに自分のなかに自然と出ていた。

暴行犯である葛城耀を、警察に引き渡すつもりはない。

もしこの先、耀に疑いがかけられるようなことになったら、自分は警察で培《つちか》った能力を駆使して耀を守るだろう。

なにに背いても、耀を守り、彼とともにいたい。

それが、自分がこの先の人生で望む幸せのかたちだ。

……そんな自分が刑事などという仕事を続けていいわけがなかった。

辞職に際しては、葛城家が懇意にしている医師から職場のほうに重い内臓疾患があるという診断書が提出されていたから、それに口裏を合わせた。慰留《いりゅう》はあったものの、体調不良を強調して押しきった。

それでも二週間ほどは引き継ぎや残務整理などで職場に顔を出さざるを得なくて、その間、雪弥は強烈な罪悪感に苛まれつづけた。

刑事課では、次から次に持ちこまれる新たな事件に追われつつも、連続通り魔事件の捜査を並行して行っていた。真実を秘匿しながら、忙殺される同僚たちの姿を目にするのは、いたたまれないものがあった。

「で、これからどうするつもりなんだ？」

フローリングの床に腰を下ろし、壁に背を凭せかけながら保高が訊いてくる。

「大学で設計の勉強をしていたので、その方面の仕事に就《つ》くつもりです。ブランクもあるし、まずはいろいろと勉強しなおして二級建築士の資格を取ろうと思ってます——これ、ぬるくなってますけど、よかったら」

買っておいたブラックの缶コーヒーを保高に手渡し、雪弥もまた保高の横に座る。自分の分の缶のカフェラテのプルトップを開ける。ほんの二ヶ月前までは平気で渋いコーヒーを飲んでいたのだが、最近はまろやかな味のものを好むようになっていた。たぶん、以前は味覚も麻痺ぎみだったうえに、嗜好などという観念も薄かったのだろう。

いろんなものに対して好き嫌いが明確になってきている。

そのことで、自分という人間のかたちがはっきりとわかる。自分がどういう人間なのかを、この年になって摑みつつある。

「そういう顔して語られると、頑張れよ、としか言えねぇなぁ」

雪弥の顔を横目で眺めて保高が言うのに、自分の顔を掌で触る。

強張りのない、自然な感触。

「そうすると、しばらくは勉強とかするわけだな。このマンション、寮の家賃の三倍はするんだろ。やっていけるのか？」

「貯えだけはあるから大丈夫です」

警察官は給料もそこそこ良く、期末手当・勤勉手当という名のボーナスもけっこうな額をもらえる。そのうえ、家賃二、三万円という寮生活を送るため、よほどの遊び方をしない限り、そこそこの貯蓄があるのが普通だ。三十代で一軒家を持つ者も多い。

雪弥のようにほとんど遊ばずに貯まるままにしてきたのならなおさら、通帳に記されている数字はそれなりに大きい。

保高が雪弥から顔を背けるように、まだカーテンのかかっていない、小さなベランダに続く窓のほうへと顔を向けた。

「……寂しくなるな」

雪弥もまた、窓へと目を向ける。

窓からの光には春の粒子がやわらかく混ぜこまれていた。


花屋の店先に、折られた桜の枝が数本、銀色のバケツに挿されている。

ゴツゴツしたラインをした三十センチほどの枝には、花と蕾が鈴なりについている。五分咲きといったところだ。それを一枝、買う。

警察を辞職してから二週間、雪弥はふたつのスクールに通いはじめた。七月にある二級建築士試験に向けての集中講座と、パソコンで設計図を描くＣＡＤの勉強のためだ。いくら大学時代に真面目に勉強していたとはいえ、五年のブランクは大きい。

そして、それらのスクールの帰りにこうやって病院に寄るのが雪弥の日課となっている。

大学病院の巨大な建物に入り、エレベーターに乗る。十階で降り、病室までの通路を歩きながら大きな嵌め殺しの窓を見れば、暮れなずむなか、国立競技場や神宮球場を包む緑豊かな森が広がっている。

雪弥は軽くノックをしてから、病室の引き戸を開けた。

キッチンや応接セットの備えつけられた特別室はまるでホテルの一室のようだが、そんな豪華さも、ベッドで横たわる人間には無関係だった。

彼――葛城耀は、いまだ眠りから覚めない。

「耀、今日は途中で桜を買ってきたんだ」

言いながら、三個ある花瓶のうちのひとつから傷《いた》みはじめた花束を抜き、水を張りなおして桜の枝を生ける。

窓辺のテーブルに飾ると、清涼な春らしさが室内に漂いだす。

雪弥はベッド横の椅子に腰を下ろした。

耀の顔をじっと見詰める。夢も見ずに眠っているものか、まるで人形のように睫のひとつも動かさない。

彼の昏睡の原因は、器質的なものではない。医師たちも手の施しようがなく、ただこうして点滴を打ちながら様子を見守るしかない状態が続いていた。

けれど雪弥の心は意外に穏やかだった。

『耀はいま弱りきってるから、俺の意識が消えたら、しばらくは起きないだろう……でも、かならず目を覚ますから、待っていてあげてくれ』

皓の残してくれた言葉を頼りに、信じて待っている。

「君が目を覚ますまで、毎日、いつまででも来るよ」

そう話しかけながら、少し伸びてきた茶褐色の髪を撫でる。

と、背後のドアから硬いノックの音が聞こえた。からりと戸が開けられる。

入ってきたのは、スーツ姿の男だった。年の頃は五十代後半、白髪交じりの髪は品のいい灰色に見える。銀縁の眼鏡をかけていて、シャープな印象を見る者に与える。

耀の義父の葛城章一郎《しょういちろう》だ。

両親を亡くした耀を養子として迎え入れた彼は、耀にとっては父方の伯父に当たる。

ここで顔を合わせるのは、この一ヶ月ほどで七度目だ。

葛城グループのトップであり、証券会社社長でもあるから多忙に違いなかったが、時間を見つけては耀の様子を見に来ているのだろう。

「失礼させていただいてます」

雪弥は椅子から立ち上がって、頭を下げた。

「瀬口くん、だったね。また来てくれていたのか。ありがとう」

口元に笑みを浮かべて、彼はベッドの傍へと来る。

「耀は、相変わらずのようだね」

「ええ」

雪弥は壁際から章一郎のための椅子を運んで勧めると、備え付けのキッチンで茶を淹《い》れた。

「どうぞ」とベッド脇のサイドテーブルに茶碗を置くと、「ああ、ありがとう」と章一郎が甥《おい》
――義理の息子の寝顔から顔を上げて礼を言った。眼鏡の向こうの瞳には、心労が滲んでいる。

無責任な発言と取られないことを祈りながら、雪弥は彼に言った。

「耀は、絶対に、もうすぐ目を覚まします。僕はそう信じてます」

章一郎の顔にいくぶん苦い表情が浮かぶ。

雪弥が椅子に座ると、彼は口を開いた。

「……今回のことは、私の責任なのかもしれないと思っているんだ。耀が去年の秋に帰国してすぐにうちの子会社の社長職に就かせた。一日も早く後継者として物になるようにと経営の現場を学ばせようとしたが、性急すぎたのかもしれない」

それが主原因ではないと教えたかったけれども、どう伝えればいいかわからず、雪弥は黙って話を聞いていた。

「そもそも十一年前に、心の傷も癒《い》えない耀をアメリカに行かせたこともいけなかったんだろうか。当時は、私も自分の仕事に手一杯で、耀の気持ちをまったく思い遣れていなかった。酷い人間だと思われても仕方がない——それに実際、私は耀が憎くもあったのだろう」

「憎かった、んですか？」

社会的地位のある男が悄然とした横顔を晒す。

「耀は弟に似ているからね。弟は本当は私の片腕となって、葛城グループの仕事に携わるはずだった。それに当時、会社の資金繰りが苦しい状態で、融資してくれている銀行頭取の令嬢と弟を婚約させたんだが……弟は好きな女がいると言って抵抗した。そして、勝手に向こうの令嬢に土下座をして婚約を破棄し、女と駆け落ちしてしまった」

それから耀の父親は実家と完全に繋がりを絶ち、外資系の商社に勤め、自力で豊かな家庭を築き上げた。

綺麗な煉瓦壁の一軒家。優しい妻と、闊達《かったつ》なひとり息子。

けれど、金回りのいい人間には、怪しい頼みごとが持ちこまれるものだ。耀の父親は、起業する知人の連帯保証人となり、多額の借金を負うこととなった。

まだしも、借金だけの問題であったなら、耀の父親は踏み止まって頑張ったに違いない。しかし折り悪く、妻の末期癌が発覚したのだった。

「絶縁状態にあったとはいえ、連絡をくれれば、私は金銭面でも病院の手配でも、力になっただろう……なのに弟は、最後まで私を頼らなかった……頼らずに、あの女とふたりで死んでいった」

膝のうえで握られた章一郎の手はぶるぶると震えていた。

「よりによって、あの別荘で――私たち兄弟が子供のころから愛していたあの小さな別荘の傍で、命を絶ったんだ………あの別荘の鍵を、ずっと大事に持ちつづけていたんだな」

ただ憎しみだけであったなら、亡くなってから十一年も経ったいま、これほど感情を掻き乱されることはないのだろう。章一郎はいまも諦めきれず、弟を片腕にするという叶わなかった夢を、甥である耀で叶えようとしてきたのかもしれない。

章一郎の目の縁は、血が流れ出ているかのように真っ赤に染まっていた。

自分がここにいたら、いま流すべき涙も流せないだろう。

雪弥は椅子からそっと立ち上がった。

「すみません。これから用事があるので、僕はもう行きますね」

「……あ、ああ」

「失礼します」

「どうか、また、耀に会いに来てやってくれ」

章一郎は深く俯いたまま、そう呟いた。

ぺたりと窓ガラスについた両の掌から、ジンジンと外の冷たさが振動みたいに伝わってくる。

雪弥は、自分の手を見る。

子供の手だ。

子供の手の向こうは夜の闇で、ちらちらと雪が降っている。東京の冬は数えられるほどしか雪が降らないから、それを珍しい眼差しで眺める。

雪弥はそっと室内を振り返った。

テレビが発する四角い光だけが、真っ暗な部屋を照らしている。ソファには女が座っている。日本人形みたいに綺麗な女だ。彼女の手には水割りの入ったグラスが握られている。ああして昨日から丸一日、彼女は酒を飲みつづけていた。

また男と別れたのだ。男と別れると、彼女が水商売の仕事も休んで夜も家にいてくれるから、雪弥はどうしても嬉しくなってしまう。

浮き浮きしそうになる足取りを落ち着け、にっこりしてしまいそうになる唇をキュッと結んで、ソファへと近づく。

彼女が黒々とした瞳で雪弥を見た。

こんなふうにまともに見てもらえることなど、雪が降るのと同じぐらい稀なことだった。緊張してしまう。

「母さん、あのね……雪、降ってるよ」

「あら、そう」

「すごく、綺麗だよ。ふわふわしてるんだ」

「ぼた雪なのね」

会話が成立していることに、雪弥は興奮して、頬を赤らめる。

「うん！　ぼた雪だよ」

思わず笑顔になって、大きく頷く。

母親の目の色が冷たくなっていることに、雪弥は気がつくことができなかった。

「積もるかな？　雪だるまとか、作れるかな？」

彼女は煙草を咥えると、それに火を入れた。テレビしか光源のない部屋のなか、ぼうっと煙草の先が赤く染まる。

紫煙をふわりと吐いてから、彼女はお伽噺《とぎばなし》の女王様のように美しく笑んだ。造詣的《ぞうけいてき》には和顔で派手ではないのに、人を威圧するほどの華やかさがある。

「積もらないわよ。ボタ雪って溶けやすいの」

「……」

「明日の朝には、ぐちゃぐちゃに溶けてるわよ」

雪弥が泣きそうな目をすると、彼女はまた微笑んだ。

「雪弥も、あたしのお腹のなかで、溶けちゃえばよかったのにね」

なにを言われたのかわからなくて、雪弥はバカみたいに瞬きを繰り返す。

……ずっと、疑問だったのだ。

冬生まれでもないのに、どうして『雪弥』などという名前なのか。

もう窓には触っていないのに、身体にジンジンと冷たさが沁みこんでくる。

「あんたが雪みたいに消えてくれればどんなにいいかって、思ったのよ。雪弥」

無視されつづけるのは、ゆっくりと心を腐らされていく苦痛だ。

そして、いまの痛みは、一瞬にしてすべての細胞を消去される激痛だった。

気がつくと、雪弥は外に飛び出していた。

ちらりちらりと闇空から降る雪。ぼってりした結晶が服に、肌に、へばりつく。そして、溶け崩れていく。かたちをなさない水と化す。流れて、消える。

怖くて、気がおかしくなりそうだった。

滅茶苦茶に夜道を走って走って、足がもつれた。ドッと濡れたアスファルトに転がる。コートも着ないで飛び出してきたから、セーターとジーンズは濡れ、身体は熱いのか冷たいのかわからない感じに震えていた。

立ち上がろうとすると、左足がひどく痛んだ。捻ったらしい。

足を引きずりながら、塀に手をつく。

雪弥は顎を上げた。

塀のうえからは葉のない木の枝がにょろにょろと絡み合いながら突き出している。その木の向こうに、魚の鱗《うろこ》のような模様の屋根が見える。

お化け屋敷、だ。

廃屋となって長いらしいここには、耀に何度か連れてこられたことがあった。普段なら、決してひとりでは入らない場所だ。けれども雪弥はアイアンでアラベスクが組まれている門へと向かった。

怖くて震えながらも、もうどうなってもいいと思っていた。

——いまからでも、僕が消えれば、きっと母さんは嬉しいんだ。僕がなにをするよりも、それが一番嬉しいんだ。

涙がボロボロと頬を伝う。足が痛い。

蜘蛛《くも》の巣が張る暗い館のなかを、雪弥は歩いていく。床や階段には色褪せた緋色《ひいろ》の絨毯《じゅうたん》が敷きつめてあるのだが、その下の床は九歳の小柄な子供の体重にも耐えかねるように、ギシギシと音をたてる。

二階から、さらに螺旋《らせん》階段を上っていく。

そこには大人だったら頭を打ってしまうほど天井の低い屋根裏部屋がある。綿埃《わたぼこり》しかない、空っぽの小さな空間。

雪弥は、丸い車輪窓《ロゼッタ》に背を凭せかけて座り、膝をぎゅうっとかかえこんだ。小さく身体を丸めて、顔を膝小僧にくっつける。目のどこかが壊れてしまったみたいに、涙が止まらない。

……そうやって、どれだけ泣きつづけていただろう。

身体が氷みたいに冷えきっている。

頭が痛くて、ガンガンする。

腫れた目からは、まだ涙が溢れている。

ひどい耳鳴りがしていたから、初め、その音は気のせいなのかと思った。

キシ……キシ……キシ……

雪弥は暗闇に顔を上げた。やっぱり、音がする。

キッ……キッ……キッ……

これは、螺旋階段の鳴る音だ。

——誰かが、来る！

殺人犯や幽霊がここに住みついているというのは、子供たちのあいだでまことしやかに囁かれている噂だ。これまで耀とした探検では、どちらとも遭遇したことがなかったけれども、こんな雪の夜だから、いつもと違うことが起きてもおかしくないのかもしれない……雪弥はなかばパニックになって、身体を石みたいに強張らせた。

逃げようにも、この部屋から出るには螺旋階段を下りるしかないのだ。

もう顔を上げていられなくて、頭を両腕でかかえて、小さく小さくなる。

キイッ、と扉の蝶番《ちょうつがい》が甲高い悲鳴をあげた。

木の床を踏み鳴らす音が近づいてくる。

「ご……」

気がつくと、雪弥は嗚咽を漏らしながら謝っていた。

「ごめんなさい！　ごめんなさいっ……僕、ほかに行くとこがなくて、でも外は雪が降ってて、雪は怖くて――だから、僕………」

「ゆきや」

掠れた少年の声。

「雪弥、俺だよ」

「…………へ？」

間抜けな声が、思わず出てしまった。

「算数の宿題のことで雪弥んちに電話したら、おばさんが出てさ。雪弥が飛び出して行ったまま帰ってこないって言うから……すっごい捜したんだぞ」

街灯が車輪窓から透けて、ほんのわずかな光源になっている。雪弥を覗きこむように中腰になっている耀を確かめることができた。

「……耀……っ」

「うわっ、イタタ」

耀のダッフルコートの腕をぐいと引っ張ったせいで、耀は膝を床に打ちつけたらしかった。でも、それを気遣う余裕もなく、雪弥はぎゅうっと耀に抱きついていた。心臓まで凍えたみたいにガタガタと震えている。

「耀ぉ……うう っ」

「もう、平気だろ？　俺がいるんだから」

耀の腕が背中でクロスするかたちで抱き締めてくれる。

涙が止まって、しゃっくりばかりが出るようになったころ、耀がちょっと怒ったみたいに耳元で尋ねてきた。

「なぁ、さっき、行くとこがないとか言ってたよな？　どーいうことだよ。なんで、俺んとこに来ないんだよ」

「それは——だって、九時過ぎてたから……っ！」

小声で答えると、かぷりと耳朶を噛まれた。

「なんだよ、九時って。何時だって、来りゃあいいじゃん」

「……」

だんまりをしていると、また耳を齧られた。

「痛い！　痛いってばっ」

「雪弥が悪いんだろ」

「っ……」

繰り返し噛まれる耳が、どんどん熱くなってくる。それから逃げたいけれども、耀からは離れたくなくて。どうしたらいいのかわからなくてもがいていると、身体が傾いだ。

耀と一緒に、崩れるように床へと倒れる。

綿埃がふわぁっと青黒い宙に散るのが朧に見えた。

固く抱き合ったまま、雪弥は耀の体重を受け止めている。……脚が、深く絡んでくる。

なにかとても胸が苦しくて、雪弥は短い呼吸を繰り返す。

耀の呼吸も速くなっているみたいだった。首筋にかかる吐息がこそばゆい。

「よ……耀、あの——」

心臓がドキドキする。

もう寒くはなくて、それどころか頬がカッカと燃えるように熱い。

もぞりと、耀が雪弥のうえで身動《みじろ》ぎした。まるで耳にキスするみたいにして、囁いてくる。

「俺のいるとこが、雪弥のいていいとこなんだからな」

掠れた、とても一生懸命な声で。

また、耀の歯が雪弥の火照った耳朶に引っ掛かる——。

「あ……」

　パッと目を開ける。

　ようやく見慣れてきたマンションの部屋の天井。カーテンの隙間からは明るい朝の陽射しが差しこんでいた。

　——ずいぶんとなつかしい夢だったな。

　だるく寝返りを打つ。

「………？」

　雪弥は眉をひそめると、ふいに起き上がった。

　ハーフパンツのウエストから手を差しこむ。

　案の定、そこはどろりと濡れていた。

　——まさか、あの夢で？

　耀と再会して身体の関係を持つまで、雪弥は起きているときはどんな方法でも射精することができなかった。そのせいで夢精していたのだが、いつもなんの夢を見て果てたのかは記憶になかったのだ。

　子供時代の記憶のなか、一番惨めで一番甘やかだった雪の夜の出来事。

「っ、く」

　突然、目の奥が熱くなった。

その熱を抑えこむように、雪弥は掌をきつく顔に押し当てた。

「耀」

皓の残してくれた言葉を頼りに穏やかな気持ちで待つことができていると思っていたけれども、それももう限界らしかった。

「お願いだから、起きて、くれよ」

一ヶ月間、毎日少しずつ溜まってきていた不安な想いは、いまや表面張力を破ろうとするコップの水のようだった。不安が一気に胸に溢れ返る。

――もし、もしも、耀がこのまま目を覚まさなかったら？

遠ざけていた恐怖が胸に迫ってくる。

「僕のいていいところになってくれるんだろ？　…………ひとりは、もう嫌なんだ」

両手で顔を覆い、深く俯いて訴える。


保高からメールが来た。

ある雑誌の掲載記事を読んでほしいという内容で、雪弥はその雑誌を買い、駅ビルに入っているカフェの奥まった席でそれを開いた。

保高が読ませたがった記事はすぐにわかった。『袋男事件』についてのものだ。

思わず、雑誌を閉じる。

もしや暴行犯の――耀の情報が載っているのではないか。胃が竦み、項が冷たく痺れる。

自分はこれからの人生、ずっとこの後ろ暗さと、いつ秘密を暴かれるかという恐怖をかかえたまま生きていくのだ。

――でもそれは、僕が選んだことだ。

決して楽にならずに、背負わなければならない。

強張る手で、改めて雑誌を開く。そして記事へと目を走らせはじめたのだが。

「え……？」

大きく瞬きをして、いま読んだ文章を、見返す。二度三度と読みなおす。

『この事件における被害者は加害者でもあったのだ。Aは袋男に襲われる直前、Bとともに帰宅途中の二十代女性をナイフで脅し、建設現場に連れこんで性的暴行に及んでいた。』

そしてBもまた、『袋男事件』の被害者だった。

彼らは顔出しこそしていなかったものの雑誌やテレビに頻繁《ひんぱん》に出ては被害状況を語っていた。

それを見た被害女性が、彼らのつけているアクセサリーや手首のタトゥーが加害者のものと一致していることに気づき、その情報をもとに警察が捜査したところ、加害者であることが明らかになったのだった。しかも彼らはその近辺で起きていたほかの三件の性的暴行事件にも関与していた可能性があるという。

記事をさらに読み進むと、『袋男事件』の被害者Cも襲撃される直前に、窃盗《せっとう》事件を起こしていたことが警察関係者からの情報として記されていた。

雑誌は明言は避けているものの、被害者DとEについても調べてみる必要性があることを匂わせていた。

「耀……」

雪弥はわななないている手指で拳を握った。

耀が暴行事件を起こした事実はなにも変わらない。雪弥に捕まりたいという身勝手な願いからの行動であり、間違いなく罪だ。

けれどもそこにもし納得のできる動機があったのだとしたら——そうであってくれたのならばどんなにいいだろう？

これもただ自分の気持ちを軽くしたいという願望からくる考えに違いないのだけれども。

雪弥はカフェを出ると電車に乗り、耀が入院している病院の最寄り駅で降りた。

病院へと、ＪＲの駅を出て右手の交差点を渡りながら、取り留めもなく考える。

耀は、今日は目覚めているだろうか？　目覚めていてほしい。目覚めていてくれたら、どんなに嬉しいだろう。でも、そんな素晴らしいことが今日、起こったりするだろうか？　……やっぱり、今日も眠ったままな気がする。そうだ。今日も駄目なのかもしれない。……でも、もしかすると、期待しないで行ったら、逆に目を覚ましていたりするのではないか？

堂々巡りのなかにもわずかに期待が滲んでいるのは、あの記事のお陰なのだろう。

院内に入り、病室へと足早に向かう。

「……」

病室の手前で雪弥は足を止めた。

耀の個室の引き戸が開けられたままになっていたのだ。看護師でも来ているのかもしれない。

雪弥は軽くノックしてから、「失礼します」と声をかけて室内に入った。

看護師の姿はなかった。

正確には、誰の姿もなかった。

「耀？」

どこにも、耀がいない。

――どういう、ことだ？

悪い想像が一気に頭のなかで溢れ返る。心臓が激しく鳴りだす。

雪弥は踵を返して、部屋から走り出た。と、ナースステーションのほうから看護師が小走りにやってくるのが見えた。

「すみません、あの部屋の……」

「ちょっと待ってください！」

女性看護師は雪弥の横をすり抜けて、耀の個室へと飛びこんでいった。そして、すぐにまた飛び出してくる。

「あなた、いつも葛城さんのお見舞いに来てる人ですね。葛城さんはっ？」

「いえ、僕はいま来たところで、そしたら耀がいなかったもので……」

看護師の顔は蒼褪めていた。

「いま、ナースステーションにある心電図モニターをチェックしたら葛城さんのが反応してないから確かめに来たんです……葛城さん、一体どこに——あの、報告を入れてすぐ捜しますが、あなたも心当たりがありましたらお願いします！」

「わかりました」

耀は、ついいましがた、目を覚ましたのだろうか？

もし、耀が目を覚ましたのだとしたら、彼はなにを考えるだろう？

軽井沢で意識を失う直前に彼が考えていたことは、なんだったか？

「……あっ」

雪弥の背に戦慄《せんりつ》が走った。

耀は皓のことも含めて、すべてにケリをつけるために自殺を考えていたのではなかったか。

——まさか、……。

雪弥は次の瞬間、階段に向けて通路を全速力で走りだしていた。

レストランが入っている最上階から、さらに階段を上っていこうとすると、屋上に通じるドアからパジャマ姿の患者が血相を変えて飛び出してきた。

「と、飛び降りっ……早く止めてくれっ！　先生！　看護師さんっ！」

雪弥は階段を駆け上がった。

ドアを押し開けて、屋上へと出る。幾人かの患者が呆然と立ち尽くしている。彼らはみな同じ方向に顔を向けていた。雪弥も強張る視線をそちらへと向ける。

白い手摺《てす》りの向こうに立つ、青い患者衣を着た男の後ろ姿。

夕陽のオレンジが溶けだした空が、彼の向こうに広がっている。

左手だけで手摺りを握っている長身はどこにも力が入っていない様子で、強い風に煽られるまま、ぐらりぐらりと揺れる。

雪弥の身体も頭もジンジンと冷たく痺れていた。

呼吸が苦しくなりながらも、震える足を励まして、耀へと一歩一歩近づいていく。脅かさないようにと細心の注意を払う。

と、電車の走る音が聞こえてきた。

線路は病院の近くだ。

耀が電車を見下ろす。身体が大きく前方に傾いだ。

「耀っ！」

雪弥は悲鳴のような声を出した。

びくりと身体を震わせて、耀が肩越しに見返ってくる。まだ夢のなかにいるような、焦点の定まらない目だ。じいっと雪弥の顔を見たまま、瞬きを繰り返す。繰り返すごと、少しずつ茶褐色の瞳に正常な光が宿りだす。

「ゆき……や？」

「そうだよ。僕だ」

右手を差し伸べながら、雪弥はゆっくりと近づく。あと五歩で耀のところまで行ける。

「君は一ヶ月も眠ってたんだ。僕はずっと君が目を覚ますのを待ってた」

「……来るな」

あと三歩のところで、明瞭な声に制された。

「俺は、最後の決着をつけないといけない。俺のなかにいる誰かのことも、雪弥にしたことも
──決着をつけるんだ」

もどかしい距離。

雪弥は拳を固めた。

「それは決着じゃなくて、投げ出すだけだろう」

「……」

「自分の身体ごと、都合の悪いことをなにもかも投げ出すわけだ？　ずいぶんと無責任で安易な方法だね」

耀に対する怒りのような激しい感情が、ふつふつと湧き上がってきていた。その激情が、焦燥感と混ざり合って、心臓を激しく震わせる。

「晧は──もうひとりの君は、もういない。彼自身の意志で、消えた」

「消え、た？」

「そうだよ。君にその肉体を返して、消えた。彼は十一年間も陰から君を支えてきたんだ。……彼に与えられてきたものまで、投げ出す気なのか？」

そんな勝手が許されるわけがないと思う。

耀も皓も、苦しみや不安をかかえたまま、それでも懸命に生きてきたのだ。

そうして、自分のもとに辿り着いてくれた。

耀によって与えられた不確かで空疎な世界は、耀と皓のふたりによって、生き生きとした色合いと輪郭を持つ世界へと塗り替えられた。

感情や感覚を失っていた時間が長かったからこそ、きっと普通の人よりも鮮やかな世界を、いま自分は見ることができている。掛け替えのない大切なものとして、感じることができている。

「耀——お願いだから、投げ出さないでくれ」

自分の不器用さや頑なさもあってずいぶんと回り道してしまったけれども、これでよかったのだと、いまは思える。

「お願いだから、僕のことを投げ出さないでくれ」

「…………雪弥は、俺のことを許せるのか？」

雪弥は瞬きをした。

『耀は、君が仕方なく自分に付き合ってると思いこんでる。俺からはちゃんと雪弥の想いが見えるのに、耀にはそれが見えていないんだ』

皓が言ったとおり、本当に耀はこちらの気持ちの変化に気づいていなかったらしい。なにか呆れるような、気が抜けるような感じで、ふと笑ってしまった。

「なんだ？」

笑ったのを見咎《みとが》めて、耀が憮然《ぶぜん》とした表情をする。

「いや、僕のことを見てくれてる割には、鈍感なんだなと思って」

「……」

雪弥は一歩近づきながら、穏やかな声で告げた。

「君を、許してる。僕のところに戻ってきてくれたことに、感謝してる」

「雪弥……」

「だから、戻っておいで。耀」

手を差し伸べる。

耀の唇がかすかに震えた。

そして、手摺りを放す。身体を捻って、雪弥の手へと手を伸ばす……。

「先生！　ほらっ、あそこです！　あの人、ふらふらしたまま手摺りを越えてっ」

突然、背後がどっと騒がしくなった。さっきの患者が医師や看護師たちを連れて戻ってきたらしい。眠りつづけていた耀には、もしかするとその音はあまりに大きすぎたのかもしれない。ビクッと耀が身体を竦めた。重心が外側へと揺らぐ。触れかけていた指先がぐうっと離れていく。

「耀っ！」

茶褐色の髪が下からの風に吹き上げられる様子が、妙に鮮明に見えた。

まっすぐ自分を見ている瞳。

無音の世界。

雪弥は手摺りに向けて、身体を跳ねさせた。

手をぐんと伸ばす。指先が青い布に触れる。それを引っ掻くように摑み、手繰《たぐ》る。

暖かな色合いを含んだ夕方の空と、地上に広がる青々とした森。そこへと、雪弥もまた身を投げ出していた。投げ出しながら、耀を摑まえる。背後から抱き締める。

安堵が胸に拡がった。

自分のいるべき場所にいる、安らかさ。

死の間際にあろうとも、耀の傍ならば、こんなにまでも安らかなのだ。その安らかさは、たぶん幸福に似ていて、もしかすると、幸福そのものなのかもしれない。

――落ちる……。

雪弥の身体は、いまや手摺りから大きく乗り出してしまっていた。

あとは、遥か下の地面へと落ちていくばかりだ。

耀の髪に顔を埋めて、目を閉じる。

……と、すさまじい衝撃が身体を襲った。雪弥の身体を後ろへと引く、いくつもの力。腿が手摺りにガツンと打ちつけられる。腰や肩や足を、骨肉を握り壊さんばかりの力で摑まれる。

その痛みを堪えて、雪弥はただひたすら腕のなかの男を放すまいとする。

視界が転じて、空だけになる。

白衣の医師や看護師、それにパジャマ姿の入院患者たちが覗きこんでくる。口々になにかを言っている。

雪弥はなかば自失したまま、それでも耀のことだけは強く強く抱き締めていた――。

# 7

「退院、おめでとうございます」

「お世話になりました」

看護師のひとりから花束を受け取り、耀が笑みを浮かべる。

目覚めた直後の屋上での事件は、自殺の意図があったのではなく意識が朦朧とした状態でのハプニングと見做されたようだった。その後の精密検査でもどこにも異常はなく、目覚めてから三日後、こうして退院の日を迎えられた。

わざわざ病院の正面玄関まで見送りに来てくれた担当医や看護師たちの表情は明るく、それにどうやら、眠れる森の美女ならぬ美男子はひそかに女性看護師たちの憧れの的になっていたらしい。彼女たちは耀を見詰めて、はにかんだ笑顔を浮かべている。

耀はもう一度深々と頭を下げると、雪弥とともにタクシーに乗りこみ、病院をあとにした。

タクシーは東宮御所《とうぐうごしょ》の緑を左手にして、外苑東通り《がいえんひがしどお》りを下り、六本木へと向かった。

途中で輸入食材の品揃えが豊富な店に寄ってあれこれと買い物をしてから耀のマンションに行く。耀について玄関ドアから部屋に入る……ここに監禁されていた日々が、遥か昔のことのように思われた。

冷蔵庫の中身を一新すると、耀はゆっくり湯船に浸かりたいとバスルームへと消えた。

雪弥は改めて４ＬＤＫの広い空間を見てまわり、最後に閉じこめられていた寝室を覗いた。

あの軽井沢へと連れ出された日のままに、ベッドは乱れている。

……ここで繰り返されたいやらしいことが思い出されて、雪弥はかすかに頬を火照らせた。

その熱を拭うように手の甲で頬を擦ってから、カーテンを開ける。

この部屋に閉じこめられていたときは全裸で過ごすことを強要されていたから、ここのカーテンはいつも閉めきっていたものだ。いくら五十七階で覗く者もないとはいえ、惨めな姿を外界に曝け出すのは躊躇われた。

窓を開けると、上空特有の強い風がビュウと吹きこんできた。

地上から遠い分、清廉な匂いのする風が火照りぎみの頬を冷ましてくれる。

しばらく窓辺に佇んだのち、雪弥は寝室の造りつけの棚からシーツや枕カバーを取り出した。手早くベッドを整えて、リビングへと戻る。

そして鞄から一冊の雑誌を出して、ソファに座った。

ほどなくして、耀が濡れ髪のままバスローブ姿で現れ、キッチンスペースで二本のコロナビールの瓶の口に切ったライムを突き刺すと、それを手に雪弥の隣に腰を下ろした。

片方の瓶を雪弥に手渡しながら、耀が雑誌に目を留める。その顔がわずかに強張り、口角に力が入る。

「なにか、載ってるのか？」

曖昧な訊き方だが、彼がなにを気にかけているのかは手に取るようにわかった。

雪弥は雑誌を開くと、それを耀の膝に載せた。

「読んでほしい」

耀がまだ口をつけていないビールをテーブルに置く。雪弥も緊張する手でビールを置いた。

一度きつく目を瞑ってから、耀が雑誌を手にする。

そして無表情のままページをめくり、記事を最後まで読んだ。閉じた雑誌をテーブルへと置く。そして前傾姿勢のまま、左右の手をきつく握り合わせた。

雪弥も上体を前に傾け、耀に話しかける。

「どういうことか、教えてくれるね？」

彫りの深い横顔が、睫を伏せて眉間に深い皺を刻む。

しばしの間があってから耀は重たげに口を開いた。

「帰国して雪弥の勤め先を知ってから……雪弥に会うつもりはなかったが、それでも姿を見られればと、あのあたりに通うようになったんだ。あの日も、そうだった。駐車場に車を置いて、警察署のほうに向かってるときに、泣き声が聞こえてきたんだ」

「記事に載ってた、被害女性の声か」

耀が頷く。

「泣き声は工事現場からしてた。様子を見に行こうとしたとき、その工事現場からふたりの男が駆け出してきたんだ。すれ違うときに、そいつらはベルトを締めなおしながら嗤《わら》ってた。……それで、なにがあったか見当がついた」

濡れ髪を、耀は両手で掻きまわす。

「罰しようと思ったのとは、たぶん違う。あいつらが過去の自分に重なって見えたんだと思う。俺はあいつらを尾《つ》けて、ひとりになったところを襲った。襲ってしまったあとに、こうして犯行を重ねていけば雪弥に捕まえてもらえるかもしれないと気付いた」

「……それで翌週、もうひとりのほうも襲ったのか」

「曜日と方法を決めれば捕まりやすいと考えた。恐喝や窃盗をした奴らをターゲットにして、犯行を繰り返したんだ」

「――――」

「雪弥には会えないと思った。でも会いたかった。だが俺は壊れてるから、会えばまた雪弥を自分の欲望のために傷つけるとわかってた。だから、捕まることでしか再会できないと思った。……そんな身勝手な思いで、犯行を重ねていったんだ」

雪弥は静かに耀の肩に腕を回した。

……自分が十一年間、人としての機能が壊れていたように、耀もまたこの十一年間、壊れたままで生きてきたのだ。

そして自分が耀との再会によって修復されたように、耀もきっと、一緒にいつづけることで修復されていくに違いない。現に彼はいまこうして自分の罪を、罪として背負っている。

『耀を修復できるのは、君だけなんだよ。耀のものになってやってくれ』

皓の声が記憶のなかから響く。

やはり皓は、耀のことを誰よりも理解し、救おうとしていたのだろう。

——皓……。

耀をきつく抱き締めながら、誓う。

——僕はかならず耀を守るよ。君がずっと、そうしてきたように。

「あちこち、痣《あざ》になってるな」

午後の光の満ちるベッドルーム。

これではまるで、こういうことをするためにベッドメイキングをしたみたいだと、最後の衣類を身体から剝がされながら、雪弥は思う。

「本当だ。青くなってる」

後ろ手をついて上半身を起こした姿勢で、雪弥は明るい陽射しを受けていつもよりさらに白く見える自分の裸を見まわす。脚や脇腹には、いくつもの痣が浮かび上がっている。

太陽の光を浴びて裸でいることも、こんな醜い状態の身体を晒していることも、耀に眺められていることもいたたまれず、雪弥は膝をかかえて肌を隠した。

「カーテン、閉めないと」

「気持ちいいから、このままましよう」

「でも、みっともない……」

耀の温かな手が雪弥の脹脛《ふくらはぎ》に触れた。

痣のうえに手を置いて、少しだけきつく握る。痛みに雪弥が眉根を寄せると、耀が愛おしむように目を細めた。

「みっともなくなんかない。俺を助けるためについた痣を、ちゃんと見たい」

これらの痣は三日前、病院の屋上から落ちかけたときについたものだった。

大人の男ふたり分の体重を支え引き戻すのは並みの力ではなかった証拠だ。あの時、引っ張ってくれた人たちが、どれだけ必死だったかを物語る痕。

雪弥の立てた膝を拡げさせて、耀がそのあいだに正座をする。

そして、ひとつひとつの痣に掌を載せ、そっと圧迫していく。

「……う」

特にひどい脇腹の痣を圧されて、雪弥は脚を震わせた。腰を捩って、涙目になる。

「痛い――やだ」

訴えると、耀が精悍なおもだちに少し意地の悪い表情を浮かべる。

雪弥のしどけなく開かれている腿のあいだに手を差しこみながら、訊いてくる。

「痛いのが、気持ちいいんだ？」

性器をやんわりと握りこまれて、それが勃起してしまっていることを教えられる。ただ握られているだけなのに、淫靡な痺れが込みあげてきて息が詰まる。

手の筒から頭を出している先端に、じわっと透明な蜜が滲む。

もう片方の手でまた痣をひとつずつ辿られる。

「雪弥のこういう顔、本当にたまらないな」

ずいぶんと意地の悪い愉しみ方だと思うけれども、耀が頬を火照らせて潤んだ目をしているのを見ると、雪弥もまたゾクゾクしたものを感じてしまう。

すべての痣を辿り終えて、耀は雪弥の性器を弄びながらナイトテーブルの抽斗を開けた。そこから潤滑剤の容器を取り出す。

「雪弥、手を出せ」

言われて右手を差し出すと、掌にチューブから半透明なジェルをたっぷりと搾り出された。そして、その手を耀のガウンの下へと連れこまれる。

「俺もきつくなってきてるんだ。濡らしてくれ」

耀は下着はつけていなくて、直接、性器に手が触れる……それはすでに驚くほど硬くなっていた。

「そうだ……握って——先端までちゃんと濡らすんだ」

指が回りきらない幹に、雪弥は丁寧にジェルを塗りつける。指先で辿れば、浮き出た筋やカリの段差、先端の窪みがなまなましく感じ取れる。その手触りに、劣情を掻き立てられる。

気持ちよさそうに溜め息をついて、耀が今度は自身の指にジェルをまぶした。

「雪弥、もっと脚を開け」

朦朧となりながらあられもなく脚を開くと、双丘の狭間がぬるりと濡れた。小さく閉じている窄まりを指先で撫でられる。クニュクニュとくすぐるように弄られる。

「あ、ぁっ」

喘ぐような甘い声が漏れてしまう。と、その声に反応したかのように、手のなかの屹立がググッと膨張した。その露骨さに、雪弥は耳まで真っ赤になる。

「少しきつくなってるな」

指先が粘膜へと入ってきていた。敏感な口の部分を捏ねるように掻きまわされて、雪弥は下腹を震わせる。

中指を根元まで捻じこまれると、内壁は激しく蠢いた。拒絶めいた蠢きはしかし、男の指技であっけなく甘えるようなねだるような蠕動へと変化する。指が二本に増やされて、ずるずると抜き挿しを始める。

「欲しいからって、そんなにきつく擦るな」

無意識のうちに、耀の性器を激しく擦りたててしまっていた。

何度もした行為のはずなのに、この手のなかで猛っている器官が自分のなかに入るなど、信じられない気持ちになる。

「雪弥のなか、軽く痙攣してるぞ」

「……も、う――耀、もう……っ」

「もう、なんだ？」

耀がひどく色っぽい顔でキスをしてくる。

唇を吸われて、頭のなかに濃密な霧がたちこめたようになる。

音をたてて唇が離れる。雪弥は震える重たい瞼を上げて、掠れ声で伝えた。

「耀のを、挿れてほしい」

素直に求めると、求められるのを待ちかねていたかのように、耀は雪弥を押し倒してきた。

指が抜かれた場所に、すぐにぶ厚い亀頭を押しつけられる。

期待にわななく内壁を、焼けるように熱いもので押し潰されていく。

「ぁ――」

じわじわと、しかし一度も退くことなく、耀は雪弥を奥深くまで抉じ開けた。

「あ、ぁ、…、ふ」

ただ根元まで挿入されただけで、全身が煮え立つような感覚に支配されて、雪弥は身体を小刻みに震わせる。

けれども果てることはできなかった。

耀の手で、茎の付け根をぐっと握られているせいだった。

「耀――放、して」

彼の手首を両手で摑む。

「その泣きかけの顔が、いやらしくてたまらない」

子供のころから耀に繰り返し見せてきた顔を、自分はいましているのだろう。

耀にだけは見せることができた顔だ。

明るい陽射しで赤みが強くなっている眸で雪弥の表情を捉えたまま、耀は雪弥の胸へと顔を伏せた。半開きの唇が突起を含むさまを、雪弥は熱に浮かされたように見る。まだ湿り気を帯びている茶褐色の髪に、きつく両手の指を絡ませる。

「っ……ん、んんっ」

粒を甘噛みされて、雪弥は腰を震わせた。堰き止められている精液がわずかに漏れたような気がする。

眩暈に目を瞑ると、繋がった場所が揺れだした。身体が芯からどんどん熱くなり、肌が湿っていく。目を閉じたまま、手を耀の背中へと這わせた。搔きいだくように縋ると、耀が胸から顔を離して改めて覆い被さってきた。

耀が自制心を失ったように腰を遣いだす。身体の奥底を連打されて、雪弥は全身を引き攣らせた。

「ふ、あ…ぁ、ああ」

果てようとする陰茎が、耀の手のなかで懸命に身をくねらせる。

雪弥は脚を耀の脚に外側から絡ませた。

引き寄せられるままに耀が深く身体を嵌めこみ、根元まで沈めて、ふいに動きを止めた。

ふたりで身体を押しつけ合うようにして息を殺し――ほとんど同時に、身体をガクガクと震わせた。体内に押し寄せてくる耀の体液を感じるたびに、身体が波打つように引き攣れる。

耀がわずかに身体を起こして、快楽に濁った声で呟く。

「出さないでイったのか」

「え…？」

雪弥は腫れかけた瞼を上げて、自分の身体を見下ろす。

耀にきつく握られたままのものは張り詰めたままで、透明な蜜だけを大量に漏らしていた。

吐精できていないせいなのだろう。果てた感覚はあるのに、煮えるような欲望が身体の芯に
渦巻いている。

耀がゆっくりと腰を退《ひ》いていく。

「い…や」

雪弥は脚に力を籠めて、その動きを阻んだ。

「なにが嫌なんだ？」

わかっているくせに、耀が訊いてくる。子供のころの、意地悪をしかけてくるときの表情の
ままで。

「う…う」

言葉で告げるのが恥ずかしくて、雪弥はみずから臀部《でんぶ》を、耀の下腹へと寄せていった。抜か
れた分の幹がずぶずぶと入ってくる。そしてその幹は、いまさっき果てたばかりのはずなのに、
完全に硬度を取り戻していた。

耀が目を甘く細めて打ち明けてくれる。

「俺も、まだ全然足りてない」

そしてふいに瞬きをしたかと思うと、自問自答するかのように呟いた。

「雪弥にこんなことをしてよくて、雪弥が俺を求めてくれてるなんて――こんな夢みたいなことがあっていいのか？」

その自信のない子供みたいな表情に、雪弥はどうしようもなく愛おしい気持ちを掻き立てられる。手を伸ばし、そっと耀の頬を撫でる。

「いいんだよ……それは僕の夢でもあったんだから」

噛み合う夢の欠片を握っていたのに、それを上手く重ねることができなかった、子供の自分たち。臆病な心や環境に縛られて、縛られているように感じて、はぐれてしまったけれども。

少しは大人になったいま、持ちつづけていた夢を、今度こそきちんと噛み合わせることができたのだ。

「好きだよ、耀」

震える呼吸のなか、間近の瞳を見詰めながら告げると、耀が安心したような笑みを浮かべた。

雪弥へとすべての体重を預け、両腕で力いっぱい抱きついてくる。

火照る耳朶を、齧られる。

……一瞬、あのお化け屋敷の屋根裏部屋へと、雪弥の意識は飛ばされた。

雪の夜。車輪窓のシルエット。重なる幼い身体。

耀と自分を繋ぎつづけてきた、夢。

「…………ぁ」

夢と現実が繋がって、自分のペニスが止め処なく白濁を溢れさせていくのを、雪弥は感じる。

火照った身体の表面をシャワーから噴き出す冷たい水が叩き、流れていく。水の冷たさが少しずつ少しずつ肌の下へ潜りこんでいく。酩酊状態から醒めていく。

雪弥は髪も身体もざっと綺麗にすると、バスルームを出た。

バスローブを羽織って、リビングへと向かう。

先にシャワーを使った耀はラフなシャツとスラックス姿で、黒いエプロンをつけてキッチンスペースにいた。

雪弥はカウンターのスツールに腰掛けながら、耀の手元を覗きこんだ。

溶かれた卵が銀のボウルに入っているのが見える。そして、グリーンピースの鮮やかな緑。

「腹、減っただろ？　すぐにできるから待ってろ」

耀がニンジンを細かく刻みながら言う。

ほかにはチキンやタマネギ、ピーマンの刻まれたものが器に入れられている。

「もしかして、オムライス？」

「ああ。好きだったろ」

この部屋に初めて来たときのことを、雪弥は思い出す。

昔のままのオムライスを、皓は手際よく作ってくれた。

——皓……。

耀が目覚めて自分のもとに戻ってきてくれた幸せのなか、胸に刺さっている棘。

「覚えてるか？　十一年前、俺たち家族が夜逃げする前の最後の晩飯がオムライスだったの。母さんが、最後に雪弥にオムライスを食べさせたいって言ったんだ」

雪弥の気持ちは深くへと沈む。

「耀やおじさんやおばさんがつらい思いをしてたのに、鈍感な僕はなにも気づかずに、いつものように耀の家で夕食をご馳走になってたんだな」

「雪弥が鈍感だったからじゃない。気づかせたくなくて、いつもみたいに振る舞ってたんだ」

「……他人に家の内情は知られたくないのはわかるよ」

フライパンから食材が炒められる音がたつ。

耀が調味料を手際よく振りかけていく。

「八年間、週に五回も同じテーブルを囲んで晩飯を食べたら、他人なんかじゃないだろう？」

「……」

「俺も、うちの親たちも、雪弥との夕食の時間を大事に思ってたんだ。雪弥のことが可愛くて——だから、自分たちの苦しみには巻きこまないで、できるだけギリギリまで雪弥の居場所であろうと決めたんだ」

あの頃の自分が必死になって大事にしていたものを、耀たち家族もまた大事にしてくれていた。

そして、自分に、最後まで与えられるだけのものを与えようとしてくれた。

そのことが、嘘みたいに嬉しくて、同時にどうしようもなくせつない。

「……僕のために、無理をしてくれてたんだね」

「無理をしたというよりは、そうしたかったんだと思う。自分たちのためにも」

「自分たちの？」

「最後の二週間ぐらいは父さんも母さんもボロボロで、家のなかもじっとり暗くて、呼吸してるのもつらくなるぐらいだった。そんななかで、俺たちは雪弥が夕飯を食べに来てくれるのを心待ちにしてたんだ」

ケチャップの焼ける香ばしい匂いが漂いだす。

「雪弥がいてくれるあいだだけ普通の幸せな日常が戻ってきたみたいだった」

耀が俯いたまま、微笑む。

「俺たちは、雪弥のお陰であの家で過ごした最後の日まで、幸せな家族の時間をもつことができた。いつもの幸せな時間を、雪弥からもらったんだ」

「……」

オムライスができあがったからと、雪弥はダイニングテーブルへと促された。

ランチョンマットが敷かれて、スプーンが用意される。

楕円形の皿に、やわらかな丸いラインに盛り上がったオムライスが載せられて、運ばれてくる。

雪弥の前に皿を置きながら、耀が少し不思議がる様子で小首を傾げ、ひとり言のように言う。

「初めて作ったんだが、手が自然に動いた……なんだろうな？」

正面の席に耀が座る。

いただきます、と雪弥はスプーンを手に取った。

とろみの残る卵の膜に、するっとスプーンが入る。ケチャップの赤とグリーンピースの緑、卵の黄色。それを口に含む。

先に咀嚼して飲みこんだ耀が目をしばたたく。

「俺は料理の才能もあったのか。昔のままの味だ」

雪弥は口元に手を押し当てた。

なつかしい味が口のなかいっぱいに拡がっている。

耀とのことが、耀との両親のことが、皓とのことが、すべて混ざり合って、大きなひとつの熱の塊を胸に生み出す。

「雪弥……」

「ごめん――――すぐに、止まるから」

耀がスプーンを置いて、立ち上がる。

雪弥のすぐ横へと来てくれる。

「もう、なにもかも大丈夫だからな」

そう呟きながら、耀の大きな手が雪弥の肩を抱いてきた。

抱き寄せられるまま、雪弥は耀の鳩尾のあたりに顔をきつく埋めた。

まるで頑是《がんぜ》無《な》い子供を宥めるように、肩を撫でられる。

涙が止まるのには、どうしても、あと少しかかりそうだった。

あとがき

こんにちは。沙野風結子《さのふゆこ》です。

今作は、既刊「僕のねむりを醒《さ》ます人」（オヴィスノベルズ）に改稿を加えた新装版となっております。二〇〇五年に書いたもので、当時の文章の書き癖とかはけっこう好きだったので残しておきました。ある意味、私のなかの王道話です。（嗜好《しこう》に走るバランスの悪さも含めて）改稿部分は、気になっていた事件顛末《てんまつ》のところや表現などの細部で、全体的な構成には手を加えていません。

そして改めて読みなおしてみて、皓《こう》に申し訳ない気持ちになりました……。

なので今回の新しい表紙のラフを拝見したとき、この耀《よう》は皓のイメージも含んでいるというようなことが書き添えられていて、（皓、よかったね……）と、なにか胸がぎゅっとなりました。作中では報われてないけど、表紙で雪弥《ゆきや》に大切にされてる感じがあって。

思えば、デビューして一年二年ぐらいのころの作品で、ストーリー書けないミステリー書けないラブラブ書けないと、自分のできないことの多さに頭をかかえていた時期でした。そんななかで、自分らしさ、というものを全面に出せたのが今作で、私にとっては意味のある大切な作品です。できないことを少しでもできるようにしつつ、ズレてても、動かせない部分は大事にして仕事をしようと気持ちを固めたのでした。

そうして二〇一九年現在、こうしてその姿勢のままお仕事をさせていただけているのは、本当に幸せなことです。

奈良千春《ならちはる》先生、旧作に引きつづき今作でも、大変お世話になりました。表紙から本文イラストまですべて描き下ろしてくださって、お力添えをありがとうございます。表紙の細部にまで作品世界が投影されていて、今回の表紙も胸に来ました。旧作の熱のある病み表紙と、新装版の静謐《せいひつ》で切ない表紙と、ワンセットで新たな宝物となりました。

そして担当様および出版社様、本作に関わってくださった関係者の皆様、この機会を与えてくださって、ありがとうございました。

最後になりましたが、この本を手に取ってくださったすべての方に大きな感謝を。

どこかしらいいなと思っていただける部分があることを、心から願っております。その部分は、私が私のために書いたものでありつつ、楽しんでくださる方のために書いたものでもありますので。そういう一致があれば、とても幸せです。

+沙野風結子+

+風結び+　http://blog.livedoor.jp/sanofuyu/

本書は、『僕のねむりを醒ます人』（オヴィスノベルズ　二〇〇五年）に、
加筆・修正を加えたものです。

Splush文庫

この本を読んでのご意見・ご感想をお待ちしております。

◆ あて先 ◆

〒101-0051

東京都千代田区神田神保町2-4-7 久月神田ビル7階

㈱イースト・プレス　Splush文庫編集部

沙野風結子先生／奈良千春先生

# 僕《ぼく》のねむりを醒《さ》ます人《ひと》
## —Sanctuary—


2019年7月26日　第1刷発行

著　者　沙野風結子《さのふゆこ》

イラスト　奈良千春《ならちはる》

装　丁　川谷デザイン

編　集　河内諭佳

発行人　安本千恵子

発行所　株式会社イースト・プレス

〒101-0051

東京都千代田区神田神保町2-4-7 久月神田ビル

TEL 03-5213-4700　FAX 03-5213-4701

印刷所　中央精版印刷株式会社





ISBN 978-4-7816-8622-6

定価はカバーに表示してあります。